T0014601

# LA CASA
# EN EL LÍMITE

### WILLIAM HOPE HODGSON

Título original: *The House on the Borderland*
Traducción: Héctor R. Pessina y Jorge A. Sánchez Rottner
Maquetación y diseño de portada: Vanesa Diestre

© 2017 by Ediciones Abraxas

La presente edición es propiedad de
Ediciones Abraxas S.L.
edicionesabraxas@gmail.com

Quedan rigurosamente prohibidas, sin la autorización escrita de los titulares del *copyright*, bajo las sanciones establecidas por las leyes, la reproducción parcial o total de esta obra por cualquier medio o procedimiento, comprendidos la reprografía y el tratamiento informático, y la distribución de ejemplares de ella mediante alquiler o préstamo público.

Impreso en España / *Printed in Spain*
ISBN: 978-84-15215-33-2
Depósito legal: B 23089-2017

# LA CASA EN EL LÍMITE

## WILLIAM HOPE HODGSON

EDICIONES **ABRAXAS**

# Nota preliminar

William Hope Hodgson (1877-1918) era hijo de un clérigo de Essex. Con trece años dejó su casa y se embarcó para servir durante ocho años en la British Merchant Navy. Realizó tres viajes alrededor del mundo, recibiendo en una oportunidad la condecoración de la Royal Humane Society por salvar una vida en el mar. Retornó a Lancashire, el lugar de su nacimiento, donde intentó algunos negocios que no tuvieron éxito, y donde comenzó a escribir sus primeros cuentos de horror, con los que obtuvo una inesperada y rápida fama. Tenía treinta años cuando publicó su primera novela, *Los botes del «Glen Carrig» (The Boats of the «Glen Carrig»*, 1907), que lo hizo popular en Inglaterra, país que siempre ha sido afecto a la literatura fantástica. En 1913 se casó con el gran amor de su juventud y se radicó en el sur de Francia, donde se dedicó a escribir una serie de extrañas y brillantes novelas, así como volúmenes de cuentos y poemas. Su familia cuenta que tenía un gran sentido del humor, y que gustaba gastar toda suerte de bromas a sus ocho hermanos. Su fotografía sugiere un joven sensible, melancólico y atractivo. Al comenzar la Primera Guerra Mundial regresó a Inglaterra y se alistó en la caballería. Allí se hirió al caer de un caballo y fue trasladado a una brigada de la Royal Artillery, con la que combatió en Ypres, siendo distinguido por su valor. Estando en un puesto de observación, fue alcanzado por una granada de obús al efectuar una arriesgada misión de reconocimiento. Su cuerpo fue literalmente hecho pedazos y sus restos nunca fueron encontrados. Tenía entonces cuarenta y dos años.

## BREVE INTRODUCCIÓN

La época victoriana significa una ruptura total con el romanticismo, sobre todo en Inglaterra, donde el desarrollo industrial, el utilitarismo y el realismo lo invadían todo. La novela gótica tradicional dejó paso al *ghost story*, el maduro cuento de fantasmas donde se destacan fundamentalmente la brevedad, el humorismo y el realismo. Con excepción de algunas novelas excepcionales como *Drácula* (1897) de B. Stoker, *La colina de los sueños* (1907) de Arthur Machen, o *La casa en el límite* (1908) de Hodgson, el horror se refugia en el cuento corto. Los mejores exponentes de esta tendencia, son J. Sheridan Le Fanu (1814-1873) y M. R. James (1862-1936) con el que el cuento de fantasmas alcanza su apogeo e inicia su decadencia. Con el comienzo del siglo surge una nueva tendencia, la denominada por Jacques Bergier relato materialista de terror. Aparecen Arthur Machen (1863-1947), Algernoon Blackwood (1869-1951), Ambrose G. Bierce (1838-1914), Robert W. Chambers (1865-1933), Lord Dunsany (1878-1957), W. H. Hodgson (1877-1918) y por último H. P. Lovecraft (1890-1937), que haciendo una magnífica síntesis de todos ellos crea el moderno horror psicológico, que surge de las profundidades del inconsciente.

Machen y Blackwood, como ya lo hiciera Bram Stoker, pertenecieron a la sociedad secreta Golden Dawn. Allí el ocultismo inyecta en sus venas racionales una nueva especie de paganismo, que se iba a mezclar con el mundo mítico y mágico de los cuentos de hadas y las mitologías orientales; especialmente el panteón grecorromano en Machen. Algernoon Blackwood es el creador de un nuevo estilo de lo fantástico. Sus héroes sienten la fascinación por el escenario natural, la nieve, el bosque, el agua. Según Vax, «... el neófito casi no puede considerar sino dos posibles destinos: morir para renacer a una vida mis grandiosa, o desprenderse del sortilegio en el último minuto para reencontrar su lugar en la comunidad humana».[1] Pero esta última alternativa carece de importancia, pues en el relato de Blackwood su fuerza reside más en el *background*, en el «clima», que en la historia misma. Machen, como casi todos los escritores galeses, se sintió desde niño atraído por lo sobrenatural. Dice en su autobiografía: «Sea mucho o poco lo que yo haya logrado en literatura se debe a que, cuando por primera vez abrí mis ojos al nacer, éstos contemplaron un país encantado». En sus escritos se percibe al mal y al horror como algo ancestral y arquetípico. Fascinado por el abismo, el proceso creador se sumerge en el caos primitivo.

Bierce dirige sus miras especialmente a lo grotesco, al humor negro o a la creación de mundos míticos como Ro-

---

1 Louis Vax, *Arte y literatura fantásticas*, Eudeba, Buenos Aires, 1965.

bert W. Chambers en su *Rey de Amarillo* habla de un libro que no puede ser leído sin despertar las fuerzas ancestrales olvidadas por el hombre. H. P. Lovecraft integra todos estos elementos con el mundo onírico de Lord Dunsany. En su obra se siente palpitar el horror del hombre actual que se encuentra impotente y manejado por fuerzas que están más allá de la razón. Crea a los Primigenios, especies de dioses que han sido desplazados del poder en la tierra en época remota, pero que acechan tratando de reconquistarlo. Convierte al hombre en un simple parásito sin importancia que se ha desarrollado a la sombra de la decadencia de seres como Cthulhu, Azathot, Hastur, Ithaqua, y otros. Un importante grupo de escritores entre los que se destacan Robert Bloch, Frank Belknap Long, August Derleth y Clark Ashton Smith, entre otros, han continuado desarrollando sus ideas, desembocando en el horror contemporáneo, que tiene hondas raíces en la ciencia ficción.

## LA CASA EN EL LÍMITE

Como dice Bachelard, «a medida que el terror se va sumergiendo en lo inconsciente, a medida que va perdiendo sus contornos míticos, se hace cada vez más aceptable».

Como hemos visto, el cuento materialista de terror va dejando de lado el aspecto gótico: el cadáver, el castillo, las puertas que crujen, los fantasmas, para adentrarse en el horror cotidiano. Hodgson es uno de los pioneros de este nuevo estilo. En su obra se perfilan dos líneas bien definidas: la de los cuentos del mar, que tanta importancia tuvo durante largos años de su vida, y la del horror que surge de lo profundo del espacio, unido en algunos casos —como en *El reino de la noche* (*The Night Land*)— a técnicas que anticipan la ciencia ficción.

Es posible que ningún autor, excepto Joseph Conrad (1857-1924) y Herman Melville (1819-1891), sintiera como él esa fascinación por el mar. Pero a diferencia de aquéllos, no es atrapado por el aspecto vital, nouménico del mar, sino que siente el misterio de las profundidades insondables pobladas de terrores inimaginados… Dos de sus novelas tratan extensamente el tema: *Los botes del «Glen Carrig»* y *Los piratas fantasmas* (*The Ghost Pirates*). En la primera introduce una modalidad estructural inédita: el corte abrupto de situaciones. Escrita como el diario de unos marineros náufragos en un enorme Mar de los Sargazos poblado de monstruos, comienza repentinamente en una instancia del relato (como si las primeras páginas se hubieran perdido) y finaliza de forma abrupta, logrando así un efecto de verosimilitud, de cosa vívida.

*El reino de la noche* es una obra monumental de unas doscientas mil palabras, situada en un mundo futuro millones de años después del nuestro. El sol ha muerto y las tinieblas reinan sobre la Tierra. La humanidad se ha refugiado en el último Reducto, una pirámide de metal impenetrable. Es la última y más grande de las ciudades del hombre. Pronto será su tumba. A través de miles de centurias extraños seres se han desarrollado y tratan de dominar el mundo oscuro. Por incontables eras han acechado esperando que las últimas defensas del hombre caigan. La pesadilla de imágenes de *El reino de la oscuridad* es solo comparable a algunos cuadros apocalípticos del Bosco.

En cuanto a *La casa en el límite* («quizá la más importante de las obras de Hodgson», al decir de Lovecraft) podemos decir que reclama en principio dos influencias notables: De Stocker y Wells. Bram Stoker y su novela *Drácula* (1897) se inspira en su estilo epistolar indirecto, que hace que la información siempre provenga de terceros, técnica que había comenzado a usar M. R. James. De H. G. Wells citaremos tres obras: de *La máquina del tiempo* (1988) toma la concepción del viaje temporal, aun cuando el Recluso no recurra a un hecho mecánico (ciencia ficción), sino que es llevado por fuerzas misteriosas (fantasía); de *La isla del doctor Moreau* (1896) toma la idea de seres monstruosos y animales en pugna con el hombre, y por último de *La guerra de los mundos* (1897), su sentido apocalíptico, la conducta paradójica de los invasores, la sensación de destrucción total.

Sin embargo, todos estos elementos son recreados y transmutados en una novela que adelanta técnicas narrativas inéditas o poco usuales en su época. Fundamentalmente va acumulando expectativas a través de hechos comunes, de ruidos sospechosos, de sombras extrañas. A este respecto merece destacarse el capítulo «El pozo subterráneo», donde el uso de esta modalidad se vuelve exasperante.

Desde el punto de vista estilístico es necesario señalar algunos puntos importantes:

a) El uso de la primera persona, que permite la constante identificación del lector, ayudado por la ambigüedad física del protagonista. Solo se lo describe someramente cuando se ve envejecido en el capítulo «El despertar». Por otra parte, no conocemos su nombre, por lo tanto en el fondo él es el Hombre, y por consiguiente Nosotros.

b) La presencia de la hermana y el perro como elemento de contraste crean una permanente duda en el lector. ¿Cuál es la verdadera realidad de lo que está pasando? Al respecto dice Todorov:[2] «Lo fantástico es una vacilación […] frente a un acontecimiento aparentemente sobrenatural […] el que percibe el acontecimiento debe optar por una de las dos soluciones posibles, o bien se trata de una ilusión de los sentidos... o bien el acontecimiento se produjo realmente, es parte integrante de la realidad».

c) La omisión de datos, elemento fundamental y muy novedoso para su época. Dice Vargas Llosa refiriéndose al relato «La hojarasca», de G. García Márquez: «... el ambiente denso, oscuro, amenazador, pesimista, de tiempo suspendido y vida rígida se ha logrado, sobre todo gracias al dato escondido. Este método consiste en narrar por omisión o mediante omisiones significativas, en silenciar temporal o definitivamente ciertos datos de la historia para dar más relieve o fuerza narrativa a esos mismos datos que han sido momentánea o totalmente suprimidos».[3] Si lo dicho hubiera sido referido a *La casa en el límite*, ningún lector hubiera notado la diferencia, pues en realidad este elemento es el sino fundamental de la novela.

---

2  En *Introducción a la literatura fantástica*, Tiempo Contemporáneo, Buenos Aires, 1972.
3  Mario Vargas Llosa, *García Márquez, Historia de un deicidio*, Barral, Barcelona, 1977.

d) El estilo desprolijo y repetitivo, que le da esa apariencia de cosa vívida, de relato auténtico. El autor advierte en la Introducción que se ha abstenido de «literalizar» el texto. Y en verdad, ese relato lleno de imperfecciones da a los hechos un carácter de realidad que produce un escozor al leerlo. También los traductores hemos resistido esa «tentación», pues entendemos que es uno de los atractivos fundamentales.

e) El final de corte abrupto, ya utilizado anteriormente en *Los botes del «Glen Carrig»*. El autor utiliza el tiempo presente en los últimos capítulos para acentuar el efecto de espanto de lo que está ocurriendo. Ese corte repentino magnifica el horror final, y es sin duda tan perfecto que el mismo Lovecraft se sintió atraído por él, pues lo reproduce casi textualmente en el final del cuento «Dagón» (1923).

Desde el punto de vista argumental es importante señalar que Hodgson es uno de los creadores de la teoría de los múltiples estados de existencia y de las dimensiones que se comunican a través de portales espacio-temporales. Su obra se halla inserta en el corazón de lo fantástico. Dice Roger Caillois,[4] «… [lo fantástico] trata de negar, sea el espacio geométrico: infinito, homogéneo, tridimensional, equipolente; ya sea el tiempo abstracto: infinito, irreversible, irreparable, isócrono».

La presencia de Ella (más allá de su nombre) parece revelar una influencia de Rider Haggard (1856-1925), una velada sugerencia a encarnaciones pasadas, aun cuando es notorio

---

4 *Imágenes, imágenes*, Sudamericana, Buenos Aires, 1970.

que el personaje femenino funciona como un arquetipo, como la personificación de las virtudes y las esperanzas. De cualquier manera es posible rastrear la influencia de Haggard en el capítulo IV de su *Cleopatra*, donde la iniciación mística de Harmachis tiene un gran parecido con la visión del espíritu errabundo del Recluso. De cualquier forma esta novela es muy superior a cuanto se pudo haber escrito hasta su aparición. Según dice B. W. Aldiss refiriéndose a esa parte de la novela, «es una verdadera explosión que llega más allá de la historia de horror donde se halla inserta».[5]

Si al decir de Llopis,[6] del velado mundo de los arquetipos colectivos de Jung salen las pesadillas del horror moderno, es notable como Hodgson utiliza la presencia de la noche espacial, negra y amniótica; el pozo insondable de donde surgen las criaturas híbridas, una especie de vagina-matriz donde el Recluso debe penetrar para buscar la solución de los misterios, en una especie de regresión que solo puede acabar en la muerte o en la locura; la presencia del agua, como elemento primordial y casi provisto de vida; los viajes incorpóreos, que participan de la sensación de impotencia característica de las pesadillas.

Y por último la destrucción de la humanidad y del universo como un hecho natural, unido a la seguridad de que existen cosas peores que la muerte, provocan en el lector un estado de horror psicológico que llega a su apogeo con el horrible estigma con que finaliza la novela. Para terminar

---

5  *Billion Year Spree (The History of Science Fiction)*, Weidenfel & Nicholson, Londres, 1973.
6  Rafael Llopis, *Esbozo de una historia natural de los cuentos de miedo*, Júcar, Madrid, 1974.

no podemos dejar de destacar la importancia que tuvo la obra de Hodgson en dos de los más grandes escritores de lo fantástico: H. P. Lovecraft y Olaf Stapledon.

JORGE A. SÁNCHEZ

Buenos Aires, 1979

# LA CASA EN EL LÍMITE

De acuerdo con el Manuscrito descubierto en 1877 por los señores Tonnison y Berreggnog, en las Ruinas que se encuentran al sur del pueblo de Kraighten, en el oeste de Irlanda. Reproducido aquí con notas.

por WILLIAM HOPE HODGSON

## A MI PADRE

### (CUYOS PIES HOLLARON LOS EONES PERDIDOS)

¡Abre la puerta
    y escucha!
Solo el apagado rugido del viento,
    y el brillo
de lágrimas en torno a la luna.
    Y, en sueños, el hollar
de pasos que desaparecen
    hacia la noche, con los Muertos.

¡Haz silencio! y escucha
    el lastimero grito
del viento en las tinieblas.
    Haz silencio y escucha, sin susurros ni suspiros,
los pasos que hollaron los eones perdidos;
    el sonido que te conduce hacia la muerte.
¡Haz silencio y escucha! ¡Haz Silencio y Escucha!

LOS PASOS DE LOS MUERTOS

# Introducción
# al Manuscrito

## I

Muchas han sido las horas en las cuales he reflexionado sobre el relato que se presenta en las páginas siguientes. Una y otra vez, en mi posición de editor, he estado tentado (si se me permite acuñar una palabra poco afortunada) en «literalizarlo». Espero que mi instinto no se haya equivocado cuando me impulsó a dejar el relato tal como me fuera entregado, sin introducir ningún retoque.

El Manuscrito tal como me fue confiado —deberíais haber visto la forma rápida y nerviosa con que lo hojeé curiosamente— es un libro pequeño; pero bastante grueso y cubierto en su totalidad, salvo unas pocas páginas finales, por una letra muy apretada pero legible. Mientras escribo esto, asalta mis fosas nasales el raro y débil olor a agua de pozo que lo impregnaba, y mis dedos retienen aún el blando contacto de las viejas y húmedas páginas.

Recuerdo con muy poco esfuerzo mi primera impresión sobre el contenido general del libro, una impresión de lo fantástico obtenida al leer trozos del mismo mientras salteaba las páginas sin concentrar mi atención.

Luego imagínenme de tarde, sentado confortablemente y con ese pequeño libro como única compañía de unas horas de solitario aislamiento. ¡Inmediatamente mis juicios cambiaron! Surgió la necesidad de comenzar a creer. Lo que parecía «fantasía» empezó a crecer, a premiar mi imparcial concentración con un lógico, coherente esquema de ideas que atraparon mi interés mucho más que el mero esqueleto de un relato o un cuento o como quiera llamárselo. Por mi parte debo confesar mi inclinación por el primer término. Encontré un cuento sin las debilidades de un cuento, y esta paradoja no es de ningún modo una paradoja.

Lo leí, y al leerlo levanté el Velo de Misterio que ciega la conciencia y me asomé a lo desconocido. Vagué sin rumbo entre esos relatos minuciosos pero entrecortados. Y por último me di cuenta de que no debía culpar al autor por esas inconexiones; pues este diario mutilado es capaz de transmitir, mejor que mi propio y ambicioso estilo, todo lo que el viejo Recluso de la casa desvanecida se esforzaba por narrar.

Poco puedo decir de esta simple y al mismo tiempo dificultosa historia de asuntos espeluznantes y extraordinarios. La misma se encuentra ante vosotros. El relato que subyace debe ser descubierto personalmente por cada lector, de acuerdo con su capacidad y deseo. Y si alguno no logra ver, tal como lo hago yo ahora, el sombrío cuadro y el concepto de lo que comúnmente se denomina con los nombres de Cielo e Infierno, puedo, sin embargo, prometerle emociones seguras si considera este relato como un simple cuento.

Una observación más y dejaré de molestar al lector. No puedo considerar el relato de las Esferas Celestiales tan solo como una ilustración notable (¡cuán cerca estuve de decir «prueba»!) de la realidad de nuestros pensamientos y emociones en el mundo de lo Real. Porque aun sin reparar en la sugestiva aniquilación de los últimos remanentes reales de la Materia, tal como ocurre con el centro y el esqueleto de la Máquina de la Eternidad, uno comprende la concepción de la existencia de mundos de pensamientos y emociones, trabajando en conjunción y debidamente sujetos al esquema de la creación material.

WILLIAM HOPE HODGSON

«Glaneifion», Borth, Cardiganshire.

17 de diciembre de 1907.

# El hallazgo
# del Manuscrito

## I

En el oeste de Irlanda hay una pequeña aldea llamada Kraighten. Se yergue solitaria en la base de una colina poco elevada. A su alrededor se extiende un páramo sombrío y totalmente inhóspito, donde a grandes intervalos se puede tropezar con las ruinas de algún *cottage* —sin techo, desprovisto de todo adorno— que muestra signos de un largo abandono. Toda la región es un erial deshabitado, el mismo suelo cubre apenas la roca que yace en sus entrañas y que a menudo aflora en forma de ondulaciones.

Sin embargo, a pesar de su desolación, mi amigo Tonnison y yo elegimos pasar allí nuestras vacaciones. Él se había topado con el lugar por mera casualidad, el año anterior, durante el curso de una larga caminata en las afueras del pueblo, donde descubrió un pequeño río sin nombre que ofrecía grandes posibilidades para la pesca.

He dicho que el río no tiene nombre; permítaseme agregar ahora que hasta el momento no he encontrado ni el pueblecito ni el río en ningún mapa que he consultado. Parecía que hubieran escapado por entero a la observación; en verdad, tal como dicen las guías, podrían no haber existido nunca. Es posible que esto se pueda atribuir parcialmente al hecho de que la más cercana estación de tren (Ardrahan), se encuentra a unas cuarenta millas de distancia.

Era una tarde calurosa cuando mi amigo y yo llegamos a Kraighten. Habíamos arribado a Ardrahan la noche anterior. Allí pernoctamos en un cuarto alquilado en el correo local, el cual abandonamos puntualmente para encaramarnos en el pescante de uno de esos típicos carruajes locales de paseo.

El viaje, por uno de los más escabrosos caminos que puedan imaginarse, nos tomó todo el día. Al cabo del cual quedamos completamente agotados y de bastante mal humor. Sin embargo, antes de pensar en comer o en descansar era necesario levantar nuestra tienda de campaña y poner en lugar seguro nuestras pertenencias. Nos pusimos a trabajar con la ayuda de nuestro cochero, y pronto la tienda estuvo instalada en las afueras del pueblecito, sobre un brazo de terreno lindero al río.

Una vez guardadas nuestras cosas, despedimos al cochero, que tenía prisa por regresar, recomendándole que volviera por nosotros al cabo de dos semanas. Teníamos provisiones suficientes y el agua podríamos obtenerla del río. No necesitábamos leña, pues habíamos incluido en nuestro equipaje un pequeño calentador de queroseno. Por otra parte, el tiempo se presentaba bueno y cálido.

Fue idea de Tonnison acampar fuera del pueblo en lugar de buscar albergue en casa de alguno de los lugareños.

Como él decía, no era nada graciosa la idea de dormir en una habitación con una familia de rubicundos irlandeses por un lado y un chiquero por el otro, mientras sobre nuestras cabezas un grupo de ruidosas gallinas distribuían sus bendiciones con absoluta imparcialidad. Y todo eso con el lugar tan impregnado de humo que haría estallar en estornudos a una persona con solo asomarse.

Mientras tanto, Tonnison había encendido el calentador y estaba ocupado en cortar tajadas de tocino dentro de una sartén, así que tomé la tetera y me dirigí al río en busca de agua. En mi camino tuve que pasar junto a un pequeño grupo de aldeanos que me dirigieron miradas silenciosas, aunque no hostiles.

Cuando regresé con el agua, me dirigí a ellos y, después de una amistosa inclinación de cabeza, que fue respondida en la misma forma, los interrogué acerca de la pesca. Pero en lugar de responder, sacudieron en silencio sus cabezas observándome con curiosidad. Repetí la pregunta, dirigiéndome esta vez a un individuo alto y enjuto situado a mi lado, pero tampoco esta vez obtuve respuesta. El hombre se volvió hacia un compañero y le dijo algo rápidamente en una lengua que no comprendí; y entonces todo el grupo comenzó a parlotear en lo que después de unos instantes adiviné era gaélico. Por un momento, mientras me lanzaban breves miradas, hablaron entre ellos; luego mi interlocutor me miró y dijo algo. Por la expresión de su rostro deduje que a su vez me interrogaba; pero ahora me tocó a mí sacudir la cabeza y dar a entender que no comprendía la pregunta. Nos quedamos mirándonos un rato, hasta que oí la voz de

Tonnison, urgiéndome a regresar con el agua. Entonces, con una sonrisa y repitiendo mi saludo inicial, me alejé entre las caras perplejas pero sonrientes que me devolvían el saludo.

Es evidente, pensaba mientras me dirigía a la tienda, que los habitantes de las pocas chozas de esta apartada región no conocen una sola palabra de inglés; y cuando le relaté a Tonnison mis impresiones estuvo de acuerdo conmigo. Es más, agregó, no es extraño que esto suceda en esta parte del país, donde frecuentemente la gente vive y muere en sus aisladas aldeas sin tener contacto con el mundo exterior.

—Hubiera deseado tener al cochero con nosotros para que oficiara de intérprete —observé cuando nos sentamos a comer—. Es muy molesto que estas gentes no sepan a que hemos venido.

Tonnison gruñó a manera de asentimiento, y luego se mantuvo en silencio por un buen rato.

Una vez saciado nuestro apetito, empezamos a hacer planes para la mañana siguiente; luego, después de fumar nuestras pipas, cerramos la entrada de la tienda y nos dispusimos a acostarnos.

—¿Supongo —pregunté mientras nos envolvíamos en nuestras mantas— que esa gente de allí afuera no nos robará nada?

Tonnison no lo creía, por lo menos mientras estuviéramos presentes. Me explicó que podríamos guardar todo bajo llave, excepto la tienda, en el gran baúl que habíamos traído con nuestras provisiones. Estuve de acuerdo y nos acostamos.

Al día siguiente madrugamos y fuimos a nadar al río; luego nos vestimos y desayunamos. Reunimos nuestro equipo de pesca y lo revisamos mientras digeríamos lo comido. Aseguramos nuestras cosas en la tienda y nos dirigimos a grandes pasos al paraje que mi amigo había explorado en su visita anterior.

Pasamos el día caminando río arriba y pescando. Tuvimos suerte y al anochecer teníamos un canasto repleto de pescados; hacía mucho tiempo que no veía tantos y de tan buen aspecto. Al regresar a la aldea cocinamos nuestra pesca, separando una de las mejores capturas para el desayuno. Regalamos el resto al grupo de aldeanos que se habían reunido, a una distancia respetable, a observar nuestras actividades. Parecieron estar muy agradecidos, y prodigaron sobre nuestras cabezas montañas de lo que supuse eran bendiciones irlandesas.

Así pasamos varios días, con una pesca magnífica y un apetito acorde con ella. Nos complació descubrir lo amistosos que eran los aldeanos y confirmar que nuestras pertenencias permanecían intactas durante nuestras ausencias.

Fue un martes que llegamos a Kraighten, y sería el domingo siguiente cuando realizamos un gran descubrimiento. Hasta entonces habíamos explorado el lugar río arriba, pero ese día dejamos nuestras cañas y tomando algunos víveres nos dirigimos en dirección opuesta. El día era cálido y caminábamos sin apuro; al mediodía nos detuvimos a almorzar sobre una gran roca plana próxima al río. Luego nos sentamos a fumar un rato y, cuando nos cansamos de la inactividad, reanudamos nuestro paseo.

Durante una hora caminamos sin rumbo, avanzando mientras charlábamos sobre distintos temas. Nos detuvimos en varias ocasiones, para que mi compañero, que tiene algo de artista, hiciera algunos bosquejos de los aspectos más llamativos del agreste paisaje.

Y entonces, sin previo aviso, el río que tan confiadamente seguíamos desapareció en forma repentina.

—¡Diablos! —dije— ¿Quién se hubiera imaginado algo así?

Me quedé mirando lleno de asombro; luego me volví hacia Tonnison. También él, con una expresión vacía en el rostro, observaba el lugar donde el río desaparecía en la tierra.

Un momento después habló.

—Sigamos adelante un trecho —dijo—, puede ser que el río reaparezca, y no dejaría de ser una interesante investigación.

Estuve de acuerdo y continuamos avanzando una vez más, aunque esta vez con rumbo incierto, pues no sabíamos en qué dirección proseguir nuestra búsqueda. Caminamos más o menos una milla; hasta que Tonnison, que observaba curiosamente a su alrededor, se detuvo haciendo pantalla sobre los ojos.

—Mira aquello —dijo, y después de un momento agregó mientras señalaba con la mano hacia la derecha, en línea recta a una gran roca—: ¿Qué será? Parece bruma o algo por el estilo.

Miré fijamente y después de un minuto me pareció ver algo, pero, tal como se lo dije, no podía estar seguro.

—De cualquier manera —replicó mi amigo—, echémosle un vistazo.

Y nos encaminamos en la dirección que había señalado. En un momento nos encontramos rodeados de arbustos, y al rato estábamos sobre una plataforma cubierta de peñascos, desde la cual divisamos un agreste paisaje de troncos y arbustos.

—Parece que hubiéramos encontrado un oasis en medio de este desierto de piedra —murmuró Tonnison, mientras contemplaba el panorama con interés.

Luego calló, sus ojos fijos en algo; yo también miré, pues surgiendo de algún lugar del terreno boscoso, una gran columna de brumoso rocío se elevaba a gran altura en el aire, sobre la cual brillaba el sol provocando la aparición de innumerables arcos iris.

—¡Qué hermoso! —exclamé.

—Es verdad —respondió pensativamente Tonnison—. Por allí debe haber una caída de agua, o algo que se le asemeje. Tal vez sea nuestro río que vuelve a salir a la superficie. Vayamos hasta allá y miremos.

Descendimos por la empinada pendiente y entramos en la espesura. Los enmarañados arbustos y los árboles que colgaban sobre nuestras cabezas conferían al lugar un aspecto desagradable y tenebroso. Aunque el lugar era sombrío, no lo era tanto como para ocultar que muchos de los árboles eran frutales, y que, aquí y allá, podían distinguirse rastros de antiguos cultivos. Me di cuenta de que estábamos atravesando el salvaje desorden de un antiguo y grandioso jardín. Cuando le dije esto a Tonnison, estuvo de acuerdo en que existían bases razonables para mi aseveración.

¡Qué lugar agreste, lúgubre y sombrío! De un modo extraño, mientras avanzábamos, creció en mí una especie de escalofrío, provocado por el aire de silencio y abandono del viejo jardín. Uno podía imaginar seres extraños agazapados entre los densos arbustos. Hasta en la misma atmósfera del lugar parecía existir algo desconocido. Creo que Tonnison, aun cuando no hablaba, compartía mis sentimientos.

De repente nos detuvimos. A través de los árboles llegaba a nuestros oídos un sonido distante. Tonnison se inclinó hacia adelante como para escuchar mejor. Yo podía oírlo ahora más claramente; era un sonido continuo y sordo, una especie de rugido que parecía venir desde muy lejos. Experimenté una rara e indescriptible nerviosidad. ¿En qué clase de lugar nos habíamos metido? Miré el rostro perplejo de mi amigo para ver qué pensaba; y noté que sobre sus rasgos se extendía una expresión de entendimiento. Hizo un gesto afirmativo y comenzó a hablar.

—Es una cascada —exclamó con convicción—. Ahora reconozco el sonido.

Y, mientras hablaba, comenzó a abrirse paso vigorosamente entre los arbustos en dirección a la fuente del ruido.

Mientras avanzábamos, el sonido se hacía cada vez más claro, mostrándonos que nos dirigíamos en forma directa hacia él. Ininterrumpidamente el rugido se hacía más fuerte y cercano, hasta que pareció, tal como le dije a Tonnison, provenir de abajo de nuestros pies.

—¡Ten cuidado! —me advirtió Tonnison—. Vigila tus pasos.

De repente salimos a un lugar abierto, donde a pocos pasos se abría la boca de un inmenso abismo, de cuyas profundidades parecían surgir el ruido y el rocío brumoso que habíamos divisado desde el distante terraplén.

Nos quedamos en silencio quizás un minuto, mirando azorados el espectáculo; luego mi amigo se acercó cuidadosamente al borde del abismo. Yo lo seguí, y juntos contemplamos, a través de la bruma, una monstruosa cascada que brotaba a un costado del enorme foso y estallaba en el fondo, casi cien pies más abajo.

—¡Dios mío! —dijo Tonnison.

Me quedé silencioso y pasmado. El espectáculo era inesperadamente grande y sobrecogedor; aun cuando esta última cualidad solo se me ocurrió más tarde.

Poco después levanté la vista y la dirigí al borde opuesto del abismo. Allí alcancé a ver algo que se elevaba entre la espuma: parecía el resto de una gran ruina; toqué a Tonnison en el hombro y se la señalé. Me miró sobresaltado y, siguiendo la dirección de mi dedo, sus ojos se iluminaron con un súbito resplandor de excitación cuando el objeto apareció en su campo visual.

—¡Acompáñame! —gritó por encima del atronador ruido—. Vamos a echar un vistazo. Hay algo extraño en este lugar; lo siento en mis huesos —y salió corriendo, rodeando el borde del abismo, que semejaba un cráter.

A medida que nos aproximábamos, vi que no me había equivocado en mi primera impresión. Era indudablemente una porción de edificio en ruinas. No obstante, ahora podía distinguir que no estaba construido al borde del abismo como había supuesto al principio; sino que se hallaba encaramado casi en la punta de una enorme roca que sobresalía unos cincuenta o sesenta pies sobre el vacío. En realidad, la masa irregular de ruinas estaba literalmente suspendida en el aire.

Al llegar al otro lado, caminamos sobre el brazo saliente de la roca y debo confesar que sentí una intolerable sensación de terror al contemplar desde ese lugar de vértigo las desconocidas profundidades debajo de nosotros… era un caos de donde surgía en forma permanente el trueno de la cascada y el manto de espuma que nos envolvía.

Al llegar a la ruina, la escalamos con cautela y al otro lado encontramos un montón de escombros y piedras caídas. La ruina me pareció, ahora que procedí a examinarla minuciosamente, una porción de pared externa de alguna prodigiosa estructura, tan gruesa y maciza era. De ningún modo podía conjeturar el porqué de su extraña ubicación. ¿Dónde se hallaba el resto de la casa o castillo, o lo que hubiere sido?

Regresé al lado exterior de la pared, y desde allí al borde del abismo, comencé a observar la superficie del terreno; mientras dejaba a Tonnison entretenido en hurgar sistemáticamente entre el montón de piedras y basura del interior. Luego comencé a examinar la superficie del terreno, cerca del borde del abismo, para ver si aún quedaban otros restos de la construcción, a la cual, era evidente que pertenecían las ruinas. Pero, aunque examiné la región con cuidado, no pude ver ninguna señal que me indicara que alguna vez se había levantado en ese lugar un edificio, lo cual me dejó aún más perplejo.

En ese momento oí gritar a Tonnison; voceaba mi nombre excitadamente, y sin demora corrí a lo largo del promontorio rocoso hasta la ruina. Me preguntaba con angustia si se habría lastimado, o si quizá habría encontrado algo.

Llegué hasta la pared derruida y la salvé con rapidez. Vi a Tonnison de pie dentro de una pequeña excavación hecha entre los escombros: estaba quitándole la tierra a algo que parecía un libro en muy mal estado de conservación.

Cada dos o tres segundos abría la boca para vociferar mi nombre. Tan pronto como me vio llegar, me entregó su preciado hallazgo y me indicó que lo guardara en mi alforja para protegerlo de la humedad, mientras él continuaba sus exploraciones. Antes de guardarlo, lo hojeé rápidamente y noté que se hallaba cubierto de una prolija escritura en un estilo antiguo aún bastante legible, salvo en una parte, donde muchas páginas estaban casi completamente destruidas. Estaban estrujadas y embarradas como si el libro hubiera estado doblado en esa parte. Luego me enteré, al relatármelo Tonnison, que lo había encontrado así doblado y que el daño se debía, probablemente, a la caída de mampostería sobre la parte abierta. Por curioso que parezca, el libro estaba bastante seco, lo cual atribuí al hecho de haber estado sepultado entre las ruinas.

Puse el libro en lugar seguro y fui a ayudar a Tonnison en su autoimpuesta tarea de excavar en las ruinas. Pero aunque empleamos alrededor de una hora de arduo trabajo en remover la casi totalidad de las piedras y la basura, no encontramos nada más que unos pedazos de madera rota, que debieron pertenecer a un escritorio o a una mesa; por lo tanto, abandonamos la búsqueda y regresamos a lo largo de la roca a la seguridad de la tierra firme.

De inmediato examinamos con atención el tremendo abismo y observamos que tenía la forma de un círculo casi perfecto, salvo en el lugar donde la roca saliente coronada de ruinas interrumpía su simetría.

Tal como Tonnison lo expresó, el abismo no era nada más que un gigantesco foso abierto hacia las entrañas de la tierra.

Por algún tiempo más continuamos mirando en nuestro derredor, y luego, al notar un espacio despejado al norte del foso, dirigimos nuestros pasos en esa dirección.

Aquí, distante unos cientos de yardas de la boca del enorme hoyo, hallamos un gran lago de aguas silenciosas, con excepción de un lugar donde se oía un continuo burbujeo.

Ahora, habiéndonos alejado del ruido del agua precipitada, podíamos hablar sin tener que gritar desaforadamente, y le pregunté a Tonnison qué pensaba del lugar… Yo por mi parte le anticipé que no me gustaba y que, cuanto antes estuviéramos lejos de allí, mejor me sentiría.

Respondió con un movimiento afirmativo de cabeza y miró intranquilo el bosque detrás nuestro. Le pregunté si había visto u oído algo. No respondió; se quedó callado, como si escuchara algo. Yo hice lo mismo.

De pronto habló:

—Escucha atentamente —dijo con brusquedad.

Lo miré con curiosidad y luego dirigí mis ojos hacia la espesura, conteniendo el aliento de forma involuntaria. Transcurrió un minuto de contenido silencio, y sin embargo no pude oír nada. Me volví hacia Tonnison para decírselo, y en el momento en que abría mis labios, salió del bosque un extraño gemido que parecía provenir desde la izquierda… Pareció flotar entre los árboles, hubo un susurro de hojas en movimiento y luego de nuevo el silencio.

Inmediatamente Tonnison habló, poniendo la mano en mi hombro:

—Salgamos de aquí —dijo, y comenzó a avanzar lentamente hacia la parte menos densa del bosque. Mientras lo seguía, noté de pronto que el sol estaba bajo y que un extraño frío empezaba a sentirse en el aire.

Tonnison no agregó nada más, pero continuó avanzando sin detenerse. Ya estábamos entre los árboles y cuando miré a mi alrededor con inquietud no pude ver nada, como no fueran las ramas y los troncos entrelazados. Seguimos avanzando, y ningún sonido quebraba el silencio, como no fuera el ocasional crujido de una rama bajo nuestros pies. Sin embargo, a pesar de la quietud tenía la horrible sensación de que no estábamos solos; me mantenía tan pegado a los talones de Tonnison que un par de veces tropecé torpemente con ellos, sin que éste protestara o dijera algo. En un par de minutos alcanzamos los confines del bosque y emergimos sobre el rocoso paisaje de la campiña. Solo entonces pude librarme del terror pánico que me había seguido entre los árboles.

Otra vez, mientras nos alejábamos, pareció llegarnos el distante gemido, y aunque me dije que no era otra cosa que viento, no pude menos que observar que la tarde era completamente calma.

Entonces Tonnison comenzó a hablar:

—Mira —dijo con decisión—, no pasaría la noche en *ese* lugar ni por todo el oro del mundo. Hay algo, no sé, diabólico allí. Lo pensé un momento después que me hablaste. Me pareció que el bosque estaba lleno de criaturas malignas. ¿No lo has notado?

—Lo noté —respondí, y me volví para mirar hacia atrás, pero el lugar ya estaba oculto por una elevación del terreno.

—Afortunadamente tenemos el libro —dije, poniendo mi mano sobre la alforja.

—¿Lo has mantenido a salvo? —preguntó con súbita intensidad.

—Sí —respondí.

—Tal vez —continuó— nos enteremos de algo a través de él, en cuanto volvamos al campamento. Es mejor que nos apresuremos; todavía está muy lejos y no me gusta la idea de ser sorprendidos por la oscuridad en estos lugares.

Dos horas más tarde llegamos al campamento y, sin demora, nos dimos a la tarea de preparar algo de cenar, pues no habíamos comido nada desde el mediodía.

Una vez terminada la cena, despejamos la mesa y encendimos nuestras pipas. Entonces Tonnison me pidió que sacara el manuscrito de mi alforja. Así lo hice, y como ambos no podíamos leer al mismo tiempo, me sugirió que yo leyera en voz alta.

—Ten cuidado —me previno, conociendo mis costumbres—, no comiences a saltearte la mitad de las páginas.

Sin embargo, si hubiese conocido su contenido, se habría dado cuenta cuán inútil era su consejo, por lo menos esta vez. Y allí, sentado en la puerta de nuestra pequeña tienda, comencé a leer el extraño relato de *La casa en el límite* (pues éste era el título del Manuscrito) tal como se leerá en las páginas siguientes.

# La Planicie
# del Silencio

## II

«Soy un hombre viejo. Vivo aquí, en esta antigua casa, rodeado por enormes y abandonados jardines.

»Los campesinos que habitan las desoladas regiones más allá de la casa dicen que estoy loco. Tal vez sea así, porque no tengo nada en común con ellos. Vivo aquí solo con mi vieja hermana, quien es al mismo tiempo mi ama de llaves. No tenemos sirvientes…, pues los odio. Tengo un solo amigo, un perro; sí, prefiero tener a mi lado al viejo *Pepper* antes que a todos los seres de la Creación juntos. Él por lo menos me comprende y tiene el suficiente sentido común para dejarme solo cuando me siento deprimido.

»He decidido empezar a escribir una especie de diario; esto me permitirá expresar algunos sentimientos y sensaciones que no puedo relatar a nadie. Pero además de ello, estoy ansioso por registrar de alguna manera las extrañas cosas que he visto y oído durante tantos años de soledad en este viejo y horrendo edificio.

»Esta casa ha tenido mala reputación durante por lo menos dos siglos, y, cuando la compré, nadie la había habitado durante ochenta años; por lo tanto, obtuve la vieja mansión por una suma verdaderamente ridícula.

»No soy supersticioso, pero ya he cesado de negar que hay cosas que suceden en esta vieja casa, cosas que no puedo explicar. Por lo tanto, debo aliviar mi conciencia haciendo un relato, hasta donde mi inexperiencia me lo permita, de las mismas; sin embargo, si este diario fuera leído después de mi muerte, es probable que los lectores sacudan negativamente la cabeza y se convenzan aún más de que estoy loco.

»¡Qué antigua es esta casa! Sin embargo, su antigüedad sorprende menos, quizá, que lo arcaico de su estructura, sumamente curiosa y fantástica. Pequeñas torres curvas y pináculos con contornos que sugieren ardientes llamas contrastan con el cuerpo principal del edificio en forma de círculo.

»He oído que entre la gente del lugar circula una antigua leyenda que afirma que esta casa la construyó el Demonio. Sin embargo, sea lo que fuere, verdadero o no, no lo sé ni me importa; lo único cierto es que ayudó a bajar el precio de venta antes de mi llegada.

»Deben haber pasado por lo menos diez años antes de que yo viese lo suficiente para justificar la creencia en las historias sobre esta casa comunes en los alrededores. Es verdad que, por lo menos en una docena de ocasiones, había visto vagamente cosas que me intrigaban, pero no menos cierto es que había intuido más de lo que en realidad había visto. Luego, a medida que los años pasaban, envejeciéndome, tomé conciencia de que algo invisible estaba presente, inconfundible, en las habitaciones y los corredores solitarios. Con todo, como ya he dicho, pasaron muchos años antes de que viera alguna manifestación de lo denominado sobrenatural.

»No ocurrió en la noche de todos los Santos. Si yo estuviera relatando una historia por pura diversión, probablemente la situaría en esa noche entre todas las noches. Pero éste es un registro de mis propias experiencias y no tengo ningún interés en escribir para divertir a nadie. No, sucedió en la madrugada del 21 de enero. Estaba sentado leyendo, como suelo hacerlo, en mi estudio. *Pepper* dormía cerca de mi sillón.

»Sin ninguna advertencia, las llamas de las dos velas se fueron apagando lentamente y empezaron a brillar con un verde y fantasmal fulgor. Levanté la vista con rapidez y, cuando lo hice, vi que las luces disminuían hasta adquirir un tinte rojizo y opaco; de modo que la habitación resplandecía con una especie de extraño y denso crepúsculo carmesí que otorgaba una gran profundidad a las sombras de las sillas y de la mesa. Donde la luz tocaba, era como si salpicara con sangre luminosa toda la habitación.

»Oí un débil y atemorizado quejido en el suelo y algo se apretó contra mis pies. Era *Pepper*, acurrucándose bajo mi bata. ¡*Pepper*, que por lo general es tan bravo como un león!

»Creo que fue este movimiento del perro lo que me hizo sentir la primera punzada de *auténtico* miedo. Me había sobresaltado considerablemente cuando las luces ardieron, primero verdes y luego rojas, pero por un momento tuve la impresión de que el cambio se debía a un súbito enrarecimiento del aire en la habitación. Sin embargo, ahora veía que no era así; las velas ardían con una llama firme y no mostraban señales de apagarse, como habría sucedido si los vapores de la atmósfera hubiesen sido la causa del cambio.

»No hice ningún movimiento. Me sentí totalmente aterrorizado; pero no se me ocurría otra cosa que esperar. Durante quizás un minuto, continué mirando nerviosamente el interior de la habitación. Luego noté que las luces habían empezado a disminuir con mucha lentitud; hasta que, en un momento, solo fueron diminutas manchas de fuego, como rubíes que brillaran en la oscuridad. Aun entonces seguí mirando, mientras una especie de indiferencia somnolienta parecía apoderarse de mí, eliminando totalmente el temor que había empezado a atenazarme.

»En el otro extremo de la enorme y antigua habitación empecé a percibir un débil resplandor. Éste empezó a crecer constantemente, llenando el cuarto con destellos de una estremecedora luz verde; luego los destellos disminuyeron con rapidez y se tornaron —tal como lo habían hecho las luces del candil— en un intenso y sombrío rojo, que se acrecentó e iluminó todo con un diluvio de pavorosa gloria.

»La luz provenía de la pared del fondo, y se hizo más brillante, hasta que su resplandor fue intolerable y me causó un intenso malestar en los ojos, que cerré involuntariamente. Puede ser que pasaran unos segundos antes de que los volviese a abrir. Lo primero que noté fue que la luz había decrecido, de tal manera que ya no molestaba a mis ojos. Entonces, a medida que se hacía más opaca, me di cuenta repentinamente de que, en lugar de estar fijando la vista en el resplandor rojizo, estaba viendo a través de él y también a través de la pared, más allá de ella.

»De forma gradual, y a medida que me acostumbraba a la idea, me di cuenta de que estaba contemplando una vasta planicie, iluminada por el mismo lúgubre crepúsculo que cubría la habitación. La inmensidad de esta planicie no puede ser concebida. No podía advertir sus confines. Parecía extenderse y ensancharse, de tal modo que mi vista no podía divisar ningún límite en su extensión. Lentamente, comenzaron a aclararse los detalles más cercanos; y luego, casi en un instante, la luz se extinguió y la visión —si así puede llamársela— se desvaneció.

»Repentinamente me di cuenta de que ya no estaba sentado en el sillón. En su lugar parecía estar flotando y contemplando algo confuso y silencioso. Al rato una ráfaga de viento me golpeó y me vi afuera, en la noche, flotando como una burbuja y subiendo a través de las tinieblas. Mientras me desplazaba, un viento helado parecía envolverme de tal manera que empecé a tiritar.

»Después de un tiempo miré a derecha e izquierda, y percibí la intolerable negrura de la noche, perforada por remotos destellos de fuego. Me precipitaba más, cada vez más. Un momento después, al mirar hacia atrás, vi la Tierra, un pequeño cuarto creciente de luz azul que se alejaba hacia mi izquierda. A lo lejos, el sol ardía en la oscuridad como una cascada de llamas blancas.

»Transcurrió un período indefinido. Luego vi la Tierra por última vez… un globo de permanente azul radiante flotando en la inmensidad del éter. Y allí estaba yo, una frágil mota de polvo espiritual, viajando silenciosamente a través del espacio, desde el mundo azul ahora lejano, hasta los confines de lo desconocido.

»Pareció transcurrir un largo período, y ahora ya nada podía percibir a mi alrededor. Había llegado más allá de las estrellas fijas y me había sumergido en las grandiosas tinieblas que allí se extienden. En todo este tiempo poco había experimentado, salvo una sensación de liviandad y un frío malestar. Ahora, sin embargo, la atroz oscuridad parecía adentrarse en mi alma y me sentía lleno de terror y de desesperación. ¿Qué iba a ser de mí? ¿Adónde iba? En el momento en que se formaban estos pensamientos, un tinte sangriento empezó a surgir en la impalpable oscuridad que me rodeaba. Parecía sumamente remoto y brumoso; y, sin embargo, la opresión se alivió y ya no me sentí desesperado.

»Lentamente la superficie roja se hizo más clara y más grande, hasta que, cuando me acerqué a ella, se expandió con un grande y sombrío resplandor, opaco y tremendo. Yo continuaba avanzando y muy pronto me encontré tan cerca que la misma parecía extenderse debajo mío, semejante a un enorme océano carmesí. Poco podía ver, salvo que parecía extenderse en forma interminable en todas direcciones.

»En poco tiempo me encontré descendiendo sobre él y pronto me hundí en un gran mar de nubes de tétricos y rojizos resplandores. Emergí de éstas con lentitud, y allí, debajo de mí, divisé la estupenda planicie que había visto desde mi habitación, en esa casa que se yergue en el límite de los Silencios.

»Muy pronto descendí y me vi rodeado por una vasta soledad. El lugar estaba iluminado por un lúgubre crepúsculo que revelaba una indescriptible desolación.

»Hacia la derecha y a lo lejos, ardía en el cielo un gigantesco anillo flamígero, desde cuyo borde exterior se proyectaban enormes y retorcidas llamaradas de picos dentados. El interior del anillo era negro, negro como las tinieblas de la noche estelar. Comprendí que el lugar recibía su funesta luz de este sol extraordinario.

»Desde esa extraña fuente de luz, volví a dirigir mis miradas a los alrededores. Donde miraba no veía otra cosa que la chata monotonía de la interminable planicie. En ningún lado podía distinguir señales de vida, ni siquiera las ruinas de alguna antigua morada.

»Gradualmente, descubrí que me veía impulsado hacia adelante, flotando a través de la desolada planicie. Avancé un período de tiempo que me pareció una eternidad. No podía distinguir en mí señales de impaciencia; aunque la curiosidad y el asombro me acompañaban constantemente. A mi alrededor veía siempre la misma amplitud de la planicie, y continuamente buscaba algo que quebrara la monotonía. Pero nada cambiaba, solo había silencio, desierto y soledad.

»De pronto, de una manera poco consciente, percibí una ligera bruma rojiza extendiéndose sobre la superficie. Sin embargo, cuanto más la miraba, más incapaz me sentía de llamarla realmente bruma; pues parecía combinarse con la planicie, dándole un peculiar aspecto irreal, una apariencia de insustanciabilidad.

»Gradualmente, comencé a fatigarme de la monotonía que me rodeaba. Sin embargo, transcurrió mucho tiempo antes de que pudiera ver adónde era transportado.

»Al principio, vi el lugar muy a lo lejos, semejante a una extensa colina sobre la Planicie. Luego, mientras me acercaba, me di cuenta de que me había equivocado; pues, en lugar de una colina, distinguí una cadena de grandes montañas, cuyos distantes picos se elevaban en las rojas tinieblas hasta perderse de vista.

# La Casa en la Arena

## III

»De este modo, y después de cierto tiempo, llegué a las montañas. Entonces el curso de mi viaje se modificó y comencé a avanzar rodeándolas por su base, hasta que de pronto vi que había alcanzado en el lado opuesto una enorme garganta abierta en las montañas. A través de ella, desplazándome a una velocidad no muy grande, fui llevado entre enormes y escarpadas paredes de una sustancia parecida a la roca. A lo lejos, sobre mi cabeza, pude distinguir una delgada cinta de color rojo, allí donde entre picos inaccesibles se abrían las fauces del abismo. En el desfiladero había un profundo y frío silencio, lúgubre y sombrío. Por un tiempo continué avanzando, y por último, vi delante de mí un intenso fulgor que me indicó estar más cerca de la aún distante abertura en la garganta.

»Transcurrió un minuto, al cabo del cual me encontré en la salida del abismo, fijando mi vista en un enorme anfiteatro formado por las montañas. Sin embargo, no presté atención ni a las montañas ni a la terrible grandeza del lugar; el asombro me dominó al contemplar, a una distancia de varias millas, una estupenda estructura aparentemente construida de jade, que ocupaba el centro de la arena. No obstante, no fue el descubrimiento del edificio lo que me asombró de esta manera, sino el hecho cada vez más notable de que, salvo el color y el enorme tamaño, esta solitaria estructura era idéntica a la casa donde vivo.

»Me quedé observándola por un momento, y aun entonces apenas pude creer lo que veía. Una pregunta se reiteraba en mi cabeza incesantemente. "¿Qué significa esto? ¿Qué significa esto?" Era incapaz de dar una respuesta, ni aún recurriendo a lo más profundo de mi imaginación. Solo era capaz de sentir una mezcla de miedo y deslumbramiento. Seguí contemplando el lugar un tiempo más, notando continuamente otros detalles de semejanza. Por último, cansado y perplejo, alejé la vista para contemplar el resto del extraño paraje en el cual parecía ser el único intruso.

»Hasta ese momento el examen de la Casa había absorbido tanto mi atención, que apenas había tenido tiempo de mirar en forma somera a mi alrededor. Cuando así lo hice, comencé a darme cuenta en qué clase de lugar me hallaba. La Arena, pues así la he denominado, parecía ser un círculo perfecto de unas diez o doce millas de diámetro, con la Casa, tal como mencioné anteriormente, situada en el centro. La superficie de la misma, como la de la Planicie, tenía una peculiar apariencia brumosa aun cuando no se trataba en realidad de bruma.

»En rápida exploración mi mirada se desplazó hacia arriba, siguiendo la pendiente de las montañas circundantes.

Eran tan silenciosas que pensé que esa quietud abominable era más angustiante que cualquier cosa que yo hubiera visto o imaginado hasta entonces. Mirando aún más arriba, vi los grandes riscos que se elevaban a extraordinaria altura. Allí arriba, el rojo impalpable le daba una borrosa apariencia a todas las cosas.

»Y entonces, mientras miraba con curiosidad, sentí un nuevo terror; porque a lo lejos, entre los brumosos picos a mi derecha, alcancé a distinguir una silueta, oscura y gigantesca. Parecía cubrir todo mi campo visual. Tenía una cabeza semejante a la de un asno y un par de enormes orejas; y parecía acechar fijamente la Arena. Había algo en su postura que daba la impresión de una vigilancia eterna…, de haber actuado de guardián de ese lúgubre lugar a través de eternidades. Lentamente, el monstruo se hizo más nítido; y, de pronto, mi mirada saltó de él a algo más lejano situado arriba, entre los riscos. Por un largo instante me quedé mirando con terror. Tenía la sensación de algo no por completo desconocido, algo que despertaba recuerdos en lo más recóndito de mi mente. La criatura era negra y poseía cuatro grotescos brazos. Sus rasgos se veían borrosos. Alrededor de su cuello alcancé a distinguir varios objetos de color claro. Lentamente, a medida que los detalles se hacían más nítidos, me di cuenta, imperturbable, de que eran calaveras. Debajo de su negro tronco tenía una especie de cinturón de color más claro. Fue entonces, cuando aún estaba perplejo sobre la naturaleza de ese ser, que un recuerdo acudió a mi mente. De inmediato supe que estaba contemplando una monstruosa representación de Kali, la diosa hindú de la muerte.

»Otras reminiscencias de mis antiguos días de estudiante invadieron mis pensamientos. Mi mirada recayó sobre la enorme Criatura con cabeza de asno. La reconocí inmediatamente como el antiguo dios egipcio Set, o Seth, el Destructor de Almas. Con este reconocimiento me invadió una gran ola de interrogantes. ¡Dos de los...! Me detuve asustado y traté de pensar. Seres que están más allá de la imaginación parecían examinar mi mente atemorizada. Veía las cosas oscuramente. ¡Los viejos dioses mitológicos! Traté de comprender el significado de todo aquello mientras mi mirada iba de uno a otro. Si tan solo pudiera...

»De pronto una idea me asaltó y, dándome la vuelta, comencé a buscar entre los lóbregos riscos de mi izquierda. Una silueta gris parecía oculta por un gran pico. Me maravillé de no haberla visto antes, y entonces recordé que aún no había mirado hacia ese lugar. Ahora la veía más claramente. Como ya he dicho antes, era gris. Tenía una tremenda cabeza, pero carecía de ojos. Esa parte de su rostro estaba vacía.

»Ahora podía distinguir otros seres entre las montañas. A lo lejos, como reclinada sobre un elevado borde, alcancé a distinguir una informe masa lívida, irregular y macabra. Parecía no tener forma definida, excepto un rostro animalesco que miraba horriblemente desde la mitad de su cuerpo. Luego vi otras criaturas, cientos de ellas. Parecían surgir de las sombras. Reconocí casi inmediatamente a varias como deidades mitológicas. Otras me eran desconocidas y totalmente extrañas; más allá de lo que la mente humana puede concebir.

»A cada lado veía una interminable hilera de criaturas. Las montañas parecían estar llenas de ellas: Dioses-Animales y Horribles Criaturas, tan atroces y bestiales que no hay posibilidad de intentar describirlos. Yo estaba lleno de una terrible y abrumadora sensación de miedo y repugnancia. Y sin embargo, a pesar de ello, no podía dejar de maravillarme. ¿Existía entonces algo de cierto en las antiguas adoraciones de los paganos, algo más que la mera deificación de hombres, animales y elementos? Los pensamientos me atenazaban. ¿Habría algo de cierto?

»Más tarde, me repetí la pregunta. ¿Qué eran esos Dioses-Animales y todos los que les seguían? Al principio me habían parecido solamente monstruos esculpidos, colocados de manera indiscriminada entre los inaccesibles picos y precipicios de las montañas que rodean el lugar. Ahora, mientras observaba con más atención, mi mente comenzó a llegar a nuevas conclusiones. Había en ellos una especie de vitalidad muda difícil de describir, que sugería a mi conciencia sensibilizada un estado de muerte en vida —algo que no era de ningún modo vida tal como la entendemos, sino una forma no humana de existencia, algo similar a un trance sin muerte—, condición en la que era posible imaginar que continuarían eternamente. ¡Inmortalidad! La palabra surgió de forma espontánea en mis pensamientos e inmediatamente me pregunté si no sería ésta la inmortalidad de los dioses.

»Entonces, en medio de mis meditaciones e interrogantes, algo sucedió. Hasta entonces había estado en el interior de la sombra formada a la salida de la gran garganta. Ahora, sin ningún esfuerzo de mi parte, me encontré flotando en la semioscuridad y empecé a avanzar lentamente a través de la Arena…, en dirección a la Casa. Esto hizo alejar de mí los pensamientos sobre las prodigiosas formas que se cernían sobre mi cabeza; y solo podía mirar con temor la tremenda estructura hacia la cual era irremediablemente transportado. Sin embargo, aunque buscaba con más detenimiento, no pude descubrir nada que ya no hubiera visto antes. Gradualmente me fui calmando.

»Pronto llegué a la mitad del camino entre la Casa y la garganta. La triste soledad del lugar y su ininterrumpido silencio se extendían por todas partes. Constantemente me acercaba al gran edificio. De pronto, percibí algo que apareció en mi campo visual, algo que dobló uno de los enormes contrafuertes de la Casa y pronto se hizo visible por completo. Era una criatura gigantesca que se desplazaba con unos curiosos pasos alargados y caminaba erguida como un hombre. Carecía completamente de ropas y poseía una apariencia luminosa muy notable. Sin embargo, fue su rostro lo que me atrajo y me aterrorizó. Era la cara de un cerdo.

»Silenciosa y atentamente, observé los movimientos de la horrible criatura, y por el momento olvidé mi miedo. Avanzaba con torpeza en torno al edificio, deteniéndose en cada ventana para espiar adentro y sacudir los barrotes con los cuales estaban protegidas. Cada vez que llegaba a una puerta la empujaba, tocando furtivamente las cerraduras. Evidentemente buscaba la forma de entrar en la Casa.

»Yo había llegado a menos de un cuarto de milla de la gran estructura, y aún proseguía mi forzado avance. Abruptamente, el Ser se dio vuelta y miró en forma horrible hacia donde yo me encontraba. Abrió su enorme boca y por primera vez la quietud de ese abominable lugar fue rota por una nota profundamente sonora, que me atravesó provocándome una gran aprensión. De inmediato comprendí que se dirigía hacia mí, rápida y silenciosamente. En un instante había cubierto la mitad de la distancia que nos separaba. Y aun entonces yo era llevado inerme a su encuentro. A solo unos cientos de yardas, la brutal ferocidad del gigantesco rostro me paralizó de terror. Estuve a punto de gritar al alcanzar el punto álgido del miedo; y cuando mis fuerzas estaban al límite de la desesperación, fui consciente de que estaba contemplando la Arena desde una altura que crecía rápidamente. Yo subía y subía cada vez más. En un instante inconceblemente corto había alcanzado una altura de varios cientos de pies. Debajo de mí, en el lugar que acababa de dejar, se encontraba la inmunda Criatura. Se había puesto en cuatro patas y olía y escarbaba la superficie de la arena como un verdadero cerdo. Un momento después se puso de pie y extendió sus garras hacia mí, con tal expresión de deseo en su rostro como creo que nunca vi en este mundo.

»Subía de forma continua. Parecieron transcurrir solo unos pocos minutos cuando ya había sobrepasado las grandes montañas… flotando solitariamente en dirección a la bruma rojiza. A una enorme distancia debajo de mí, el anfiteatro de la Arena se veía ya borroso; la imponente Casa ya no era más que un diminuto punto verde. La criatura porcina ya no era visible.

»Pronto crucé las montañas y me encontré de nuevo sobre la enorme extensión de la Planicie. A lo lejos, sobre su superficie y en dirección al sol anular, se veía un punto borroso e indefinido. Lo miré con indiferencia. Me recordaba la primera vez que vi el anfiteatro montañoso.

»Cansadamente elevé la vista hacia el inmenso anillo de fuego. ¡Qué extraño era! Y entonces, mientras lo contemplaba, surgió del centro oscuro una repentina llamarada de extraordinario y vívido fulgor. Era insignificante en comparación con el tamaño del centro, pero al mismo tiempo estupenda en sí misma. La observé con renovado interés, notando su extraño hervor e incandescencia. Todo se tornó opaco e irreal en un instante y fue desapareciendo de mi vista. Con gran asombro miré hacia la Planicie sobre la cual me elevaba y recibí una nueva sorpresa. La Planicie y todo lo demás se había desvanecido y debajo de mí se extendía un mar de roja bruma. De forma gradual se hacía más remoto y se iba extinguiendo en una oscura y lejana mancha rojiza hundida misteriosamente en la noche insondable. Después de un momento, aun esto se desvaneció y quedé envuelto en una impalpable y sombría lobreguez.

# La Tierra

## IV

»Eso fue todo y solamente el recuerdo de que una vez había sobrevivido en mi paso a través de la oscuridad me sirvió para sustentar mi pensamiento. Transcurrió un enorme período, como de eones. Entonces una estrella solitaria se abrió paso a través de las tinieblas. Era la primera de uno de los cúmulos estelares adyacentes a este universo. En un momento estuvo detrás y a mi alrededor brilló el esplendor de incontables estrellas. Tiempo más tarde, que yo sentí como años, vi el sol como un coágulo de llamas. A su alrededor alcancé a divisar lejanas motas de luz, los planetas del Sistema Solar. Y así volví a tener ante mi vista a la azul e infinitamente diminuta Tierra. Luego empezó a crecer y se fue haciendo cada vez más nítida ante mis ojos.

»Transcurrió entonces un largo período y por último me introduje en la sombra del mundo, precipitándome de cabeza en la oscura y sagrada noche terrestre. Sobre mi cabeza se hallaban las viejas constelaciones y allí estaba la luna creciente. Al acercarme a la superficie de la Tierra me envolvieron las tinieblas, y sentí que me hundía en una niebla oscura.

»Por un instante estuve inconsciente y no percibí nada. Luego alcancé a oír un lejano y débil gemido que poco a poco se hizo más claro. Una desesperada sensación de agonía se apoderó de mí. Luché desfalleciente, tratando de respirar y de gritar. Pero un momento más tarde pude respirar con mayor facilidad. Sentí que algo estaba lamiendo mi mano. Algo húmedo pasó sobre mi rostro. Oí un jadeo y luego otra vez el gemido. Éste me pareció familiar y abrí los ojos. Todo estaba oscuro, pero la sensación de opresión había pasado. Estaba sentado y algo estaba gimiendo y lamiéndome. Me sentí extrañamente confundido e instintivamente traté de protegerme del ser que me lamía. Sentía la cabeza curiosamente vacía y supe que por el momento era incapaz de actuar o de pensar. Luego, mis recuerdos fueron volviendo y pude llamar débilmente a *Pepper*. Un ladrido lleno de alegría seguido de renovadas y frenéticas caricias me respondió.

»En poco tiempo me sentí más fuerte y extendí la mano para coger las cerillas. Por un momento busqué a tientas, hasta que mis manos las encontraron. Encendí una y a la débil luz de su llama miré confundido a mi alrededor. Solo vi las viejas y familiares cosas cotidianas. Y allí me quedé sentado, lleno de sensaciones vertiginosas, hasta que la llama me quemó el dedo. Dejé caer la cerilla mientras se escapaba de mis labios una exclamación de dolor y de rabia; escuchar el sonido de mi propia voz fue sorprendente.

»Después de un momento encendí otra cerilla y, tropezando por la habitación, encendí las velas. Mientras lo hacía, observé que no se habían extinguido por sí mismas, sino que habían sido apagadas.

»Mientras las llamas crecían me di la vuelta y miré alrededor del estudio; sin embargo, no había nada extraño para ver. La irritación se adueñó de mí. ¿Qué había sucedido? Me cogí la cabeza con ambas manos y traté de recordar. ¡Ah!, la Planicie, la enorme y silenciosa Planicie, y el sol de fuego rojo en forma de anillo. ¿Dónde estaban? ¿Adónde los había visto? ¿Cuánto tiempo había transcurrido desde entonces? Me sentía mareado, atontado. Una o dos veces anduve tambaleante por la habitación. Mi memoria parecía estar embotada, y lo que había visto solo retornaba con gran esfuerzo.

»Recuerdo haber maldecido, malhumorado ante mi perplejidad. Súbitamente me sentí desvanecer y tuve que apoyarme en la mesa para no caer. Me mantuve aferrado unos instantes y luego logré acercarme tambaleante a una silla. Después de un rato me sentí mejor y pude alcanzar el armario donde usualmente guardaba el brandy y los bizcochos. Puse una medida de licor en el vaso y lo bebí de un trago. Luego tomé un puñado de bizcochos y volví a mi silla para empezar a devorarlos como un animal hambriento. Me sentía vagamente sorprendido ante el hambre que sentía. Parecía que no hubiera comido por un inconcebible lapso de tiempo.

»Mientras comía, mi mirada paseaba por la habitación tomando nota inconscientemente de todos los detalles, pero al mismo tiempo buscando algo tangible entre todos los misterios que me rodeaban. Seguramente, pensé, algo debe haber... Y en ese momento mis ojos se posaron sobre la esfera del reloj que estaba en el rincón opuesto. Dejé de comer y me quedé mirándolo. Su tictac indicaba con certeza que aún funcionaba, pero sus manecillas indicaban un punto antes de la hora de medianoche; mientras que, como yo bien lo sabía, fue considerablemente después cuando fui testigo de los extraños sucesos que acababa de describir.

»Tal vez por un momento me encontré asombrado y confundido. Si hubiera sido la misma hora que cuando lo vi por última vez, habría deducido que las agujas se habían quedado atascadas; pero esto de ninguna manera justificaría que las manecillas hubieran marchado hacia atrás. Entonces, mientras el asunto daba vueltas en mi cabeza, un pensamiento atravesó mi mente como un relámpago. Estábamos muy cerca de la mañana del día veintidós, y por lo tanto había estado inconsciente para el mundo visible durante la mayor parte de las últimas veinticuatro horas. La idea me atrapó completamente durante un minuto; luego volví a comer. Aún tenía mucha hambre.

»A la mañana siguiente, durante el desayuno, interrogué como por casualidad a mi hermana acerca de la fecha, y encontré que mi suposición era correcta. En verdad había estado ausente, por lo menos en espíritu, durante un día y una noche.

»Mi hermana no hizo preguntas; no era de ninguna forma la primera vez que permanecía en mi estudio durante el día entero, y a veces durante un par de días, cuando he estado especialmente absorto en mis libros o en mi trabajo.

»Los días fueron transcurriendo y aún estoy lleno de asombro buscando algo que me permita entender todo lo que vi en esa noche memorable. Sin embargo, sé bien que es muy poco probable que mi curiosidad sea satisfecha.

# La Criatura del Foso

## V

»Como ya he dicho antes, esta casa está rodeada por un enorme terreno de agrestes e incultivados jardines.

»En la parte trasera, a una distancia de unas trescientas yardas, hay una profunda y oscura cañada llamada por los campesinos el "Foso". En su fondo corre una perezosa corriente, tan cubierta por árboles que apenas puede ser vista desde arriba.

»Debo explicar que este curso de agua tiene origen subterráneo; emerge repentinamente en el extremo oriental del barranco y desaparece abruptamente debajo de los riscos que forman su extremo occidental.

»Fue algunos meses después de mi visión (si es que fue una visión) de la gran Planicie que mi atención se sintió particularmente atraída por el Foso.

»Sucedió un día que me encontraba caminando a lo largo de su borde meridional. Repentinamente, algunos trozos de rocas de la cara del risco que estaba bajo mis pies se desprendieron y cayeron con un sordo estrépito a través de los árboles. Escuché el impacto en el lecho del río; luego solo hubo silencio. No habría atribuido a este hecho ninguna importancia si *Pepper* no hubiera empezado inmediatamente a ladrar con violencia. Y menos aún si hubiera dejado de hacerlo cuando se lo ordené. Su comportamiento era muy extraño, pues generalmente es un perro obediente.

»Tuve la sensación de que debía haber algo o alguien en el Foso, y regresé rápidamente a la casa para buscar un palo. Cuando volví, *Pepper* había dejado de ladrar, pero se encontraba gruñendo y olfateando con inquietud a lo largo del barranco.

»Llamé su atención con un silbido, pues quería que me siguiera, y comencé a descender cautelosamente. La profundidad del Foso era de unos ciento cincuenta pies y necesité algún tiempo y considerable cuidado para alcanzar el fondo sin ningún riesgo.

»Una vez abajo iniciamos la exploración a lo largo de las márgenes del río. Estaba todo muy oscuro debido a la sombra que proyectaban las ramas de los árboles, y caminaba con cautela, vigilando atentamente a mi alrededor con el palo listo para defenderme.

»*Pepper* se había tranquilizado y caminaba cerca de mí. De esta manera registramos una margen sin ver ni oír nada. Luego cruzamos a la otra —de un simple salto— y comenzamos a abrirnos paso a través de la espesura para regresar.

»Habíamos cubierto tal vez la mitad del trayecto cuando volví a oír en la otra margen —la que acabábamos de dejar— un ruido de piedras que se desprendían. Una enorme roca cayó estrepitosamente a través de las copas de los árboles, golpeó en la margen opuesta y se precipitó dentro del río, lanzando un gran chorro de agua sobre nuestras cabezas. Ante esto, *Pepper* emitió un profundo gruñido y se detuvo con las orejas levantadas. Yo también me detuve a escuchar.

»Un segundo más tarde un fuerte y semihumano chillido parecido al de un cerdo se escuchó entre los árboles, proviniendo aparentemente de un punto situado en la mitad del camino que conducía al tope del risco sur. Le respondió una nota similar desde el fondo del foso. Al oírla, *Pepper* lanzó un ladrido corto y agudo, y saltando el arroyo desapareció entre los arbustos.

»De inmediato oí que sus ladridos aumentaban de volumen y se hacían más continuos. Aparentemente sonaban en medio de un ruido de confusos chillidos. De repente todo cesó, y en el silencio que siguió se elevó un grito de agonía casi humano. Inmediatamente *Pepper* lanzó un prolongado aullido de dolor. Luego los arbustos se agitaron con violencia y salió corriendo con la cola entre las patas, echando temerosas miradas hacia atrás. Cuando llegó hasta mí, vi que sangraba en el costado de una gran herida al parecer producida por una garra, que casi dejaba al descubierto sus costillas.

»Al ver así mutilado a *Pepper*, una mezcla de furia y pena se apoderó de mí y, blandiendo el bastón, salté el río y me introduje en la maraña de la que había emergido *Pepper*. Mientras me abría paso creí haber oído un sonido similar a una respiración. Un instante después irrumpí en un pequeño claro, justo para ver algo blancuzco que desaparecía entre los arbustos del lado opuesto. Corrí hacia él lanzando un grito, pero aunque golpeé y busqué en los alrededores con mi bastón, no vi ni oí nada raro. Por lo tanto volví a donde estaba el perro. Allí, después de lavarle la herida en el río, lo vendé lo mejor que pude con un pañuelo mojado. Después de hacer esto subimos por el barranco y volvimos a la luz del sol.

»Al llegar a la casa, mi hermana preguntó qué le había sucedido a *Pepper*, y le dije que había tenido una lucha con un gato montés, los cuales —había oído— abundaban por los alrededores.

»Pensé que era mejor no decirle qué había sucedido realmente, aunque debo confesar que yo apenas lo sabía. Lo que sí sabía era que el ser que había visto huir entre los arbustos no era de ninguna forma un gato montés. Era demasiado grande y, hasta donde había observado, tenía la piel parecida a la de un cerdo, aunque de un blanco enfermizo como solo posee lo muerto. Además... la criatura corría casi erguida sobre sus patas traseras, con un movimiento semejante al del ser humano. Esto es lo que había notado en el rápido vistazo, y a decir verdad, mientras el asunto daba vueltas en mi cabeza, sentí una gran inquietud y curiosidad.

»Fue a la mañana cuando el incidente relatado ocurrió.

»Después del almuerzo me senté a leer. Luego de un rato levanté por casualidad la vista del libro y vi algo —del que solo se veían los ojos y las orejas— que espiaba sobre el borde de la ventana.

»—¡Un cerdo! ¡Por todos los Cielos! —exclamé, y me puse repentinamente de pie. Esto me permitió ver a la criatura detalladamente; no era un cerdo, solo Dios sabe qué demonios era. Me recordaba vagamente el horrendo Ser agazapado en la gran Arena. Tenía una boca y una mandíbula grotescamente humanas, pero carecía de barbilla. La nariz se prolongaba hasta formar un hocico; y esto era lo que, unido a los pequeños ojitos y a las extrañas orejas, le daba esa apariencia tan extraordinariamente parecida a la de un cerdo. Tenía muy poca frente y el rostro entero era de un enfermizo color blanco.

»Me quedé observando a la criatura quizás un minuto, sintiendo cómo mi repugnancia y mi temor crecían progresivamente. Su boca continuaba produciendo confusos chillidos y por momentos gruñidos casi parecidos a los de un cerdo. Pienso que fueron los ojos lo que más atrajo mi atención; parecían emitir un brillo incandescente, y por momentos una horrible inteligencia humana. Como si mi mirada lo fastidiara, continuamente se alejaba de mi rostro para recorrer los detalles de la habitación.

»Se apoyaba en el alféizar de la ventana con dos manos que parecían garras. Éstas, a diferencia de la cara, tenían una tonalidad arcillosa y una clara semejanza con manos humanas. Poseían cuatro dedos y un pulgar, unidos por una membrana muy parecida a la del pato que llegaba hasta la primera articulación. También tenía uñas, pero eran tan largas y poderosas que más parecían espolones de águila que otra cosa.

»Como ya he dicho antes sentí miedo, pero de manera un tanto impersonal. Puede que explique mejor mi sensación diciendo que era más de repugnancia que de miedo, tal como se siente cuando uno se encuentra en contacto con algo inhumano y asqueante. Algo que pertenece a un área de existencia ni siquiera soñada por los hombres.

»No puedo decir que todos estos detalles de la bestia los haya observado en el primer momento. Creo que volvieron a mí más tarde, como si hubieran sido impresos en mi cerebro. En aquel instante imaginé más de lo que vi, los detalles materiales los recordé más tarde.

»Cuando mis nervios se calmaron un poco, me libré de la vaga alarma que me paralizaba y di un paso hacia la ventana. En cuanto lo hice, la criatura agachó la cabeza y desapareció de mi campo visual. Apresuradamente me dirigí a la puerta y miré a los alrededores; pero solo pude ver los enmarañados arbustos y las plantas que rodean la casa.

»Entré corriendo y, cogiendo mi escopeta, volví a salir a registrar los jardines. Mientras caminaba, me preguntaba si la criatura que acababa de ver sería la misma que había vislumbrado en la mañana. Me sentía inclinado a pensar que debía ser así.

»Habría querido tener a *Pepper* conmigo, pero juzgué mejor darle a su herida una oportunidad de sanar. Además, si la criatura que había visto era como imaginaba su contrincante de la mañana, probablemente el perro no me sería de mucha utilidad.

»Inicié mi búsqueda sistemáticamente. Estaba decidido, si esto era posible, a hallar y eliminar a esa criatura porcina. ¡Ésta era al menos un Horror material!

»Al principio registré con cautela, teniendo presente la herida infligida al perro; pero a medida que pasaban las horas y no veía señal de cosa viviente en los grandes y solitarios jardines, mi aprensión fue disminuyendo poco a poco. Sentí que casi deseaba la aparición de la criatura. Cualquier cosa era mejor que ese silencio, con la sensación constante de que algo podía estar acechándome detrás de cada arbusto. Más tarde, perdí en tal forma la sensación de peligro, que llegué al extremo de lanzarme a través de las matas, con la única precaución de explorar con el cañón de la escopeta mientras avanzaba.

»De vez en cuando lanzaba algunos gritos, pero solo los ecos me respondían. De esa manera pensaba atemorizar a la criatura y obligarla a mostrarse. Pero lo único que logré fue que mi hermana Mary saliera a averiguar qué sucedía. Le conté que había visto al gato montés que había herido a *Pepper* y que estaba tratando de obligarlo a salir de las malezas. Pareció conformarse solo a medias con la explicación y regresó a la casa con una expresión de duda en el rostro. Me pregunté si habría visto o adivinado algo. Durante el resto de la tarde proseguí la búsqueda ansiosamente. Presentí que me sería imposible conciliar el sueño con esa bestial criatura merodeando en la maleza; sin embargo, cuando empezó a oscurecer aún no había visto ni encontrado nada. Entonces, mientras me dirigía a la casa, oí un ruido extraño entre los arbustos a mi derecha. Me di la vuelta instantáneamente y, apuntando con rapidez, hice fuego en dirección al sonido. De inmediato oí algo escapar entre la maleza. Se movía con mucha rapidez y en un momento ya no pude oír nada. Después de unos cuantos pasos, abandoné la persecución al darme cuenta de lo inútil de la misma, ante la oscuridad que se aproximaba rápidamente. Y así, con una curiosa sensación de depresión, entré en la casa.

»Aquella noche, después que mi hermana se acostó, recorrí todas las ventanas y puertas de la planta baja y me aseguré de que estuvieran bien cerradas. Esta precaución era apenas necesaria con respecto a las ventanas, ya que todas las de la planta baja tenían fuertes barrotes; pero con las puertas —había cinco— fue una idea prudente, pues ninguna estaba cerrada con llave.

»Una vez aseguradas, fui a mi estudio, pero ahora el lugar me ponía los nervios de punta. Parecía tan enorme y tan lleno de ecos. Traté de leer un rato, pero viendo que era imposible, llevé el libro a la cocina, donde ardía un buen fuego, y me senté allí.

»Me atrevo a decir que leí un par de horas, cuando repentinamente oí un sonido que me hizo bajar el libro y escuchar atentamente. Era un ruido como de algo arañando la puerta de atrás. Un momento después la puerta crujió con un fuerte ruido; parecía como si algo muy pesado estuviera haciendo fuerza sobre ella. Durante aquellos breves instantes experimenté un indescriptible terror que nunca hubiera creído posible en mí. Me temblaron las manos, un sudor frío me recorrió el cuerpo y me estremecí con violencia.

»Poco a poco me calmé. Los furtivos movimientos del exterior habían cesado.

»Me quedé sentado, callado y vigilante durante una hora. De repente el miedo se apoderó nuevamente de mí. Me sentí como imagino debe sentirse un animal bajo la mirada vigilante de la serpiente. Sin embargo, nada podía oírse ahora. Con todo, no había duda alguna que cierta influencia inexplicada estaba ejerciendo sus efectos sobre mí.

»De forma gradual, casi imperceptible, algo llegó a mis oídos; un sonido que luego fue convirtiéndose en un débil murmullo. Creció con rapidez hasta tornarse en un sordo pero horrible coro de chillidos bestiales, que parecía surgir de las entrañas de la tierra.

»Oí un golpe seco y me di cuenta, de manera algo tonta, que incomprensiblemente había soltado el libro. Después me quedé allí, simplemente sentado y escuchando. Y así me halló la luz del día cuando se introdujo tristemente a través de los barrotes de las altas ventanas.

»La sensación de terror y estupor se desvaneció con la luz del amanecer, y una vez más recuperé mis sentidos.

»Acto seguido recogí el libro y fui hasta la puerta para escuchar. Ni un ruido interrumpía el lúgubre silencio. Me quedé allí unos minutos, luego con mucha cautela descorrí el pasador y miré hacia afuera.

»Mi precaución era innecesaria. Salvo el espectáculo gris y monótono de árboles y arbustos enmarañados que se extendían hasta la distante plantación, no vi nada extraño.

»Con un escalofrío, cerré la puerta y calladamente me fui a acostar.

# Los Cerdos

## VI

»Sucedió una semana más tarde. Fue al anochecer; mi hermana estaba sentada en el jardín tejiendo mientras yo me paseaba de un lugar a otro con un libro entre las manos. Mi escopeta estaba apoyada contra la pared de la casa, pues tras la llegada de esa extraña criatura a los jardines había considerado prudente tomar precauciones. Sin embargo, durante toda la semana no había visto ni oído nada que me alarmara. Ahora podía reflexionar con calma sobre el incidente, pero aún conservaba la misma curiosidad y el mismo asombro.

»Estaba, como acabo de decir, paseándome de un lado a otro, absorto en un libro, cuando de repente oí un estruendo en el Foso. Me volví rápidamente y vi que se elevaba en el aire del atardecer una tremenda columna de polvo.

»Mi hermana se puso de pie, lanzando una brusca exclamación de sorpresa y temor.

»Le pedí que se quedara donde estaba y, cogiendo mi escopeta, corrí hacia el Foso. Al acercarme oí un ruido sordo y retumbante, que rápidamente creció hasta convertirse en un rugido, solo interrumpido por estrépitos más profundos que, proviniendo del lugar, impelían nuevas columnas de polvo hacia lo alto.

»De repente el ruido cesó, aunque el polvo siguió elevándose tumultuosamente.

»Llegué al borde y miré hacia abajo; pero no pude ver nada, salvo una polvareda que se arremolinaba en todas direcciones. El aire estaba tan lleno de partículas que, sofocado y enceguecido, tuve que alejarme corriendo para poder respirar.

»Gradualmente la materia en suspensión fue descendiendo y quedó flotando como una panoplia gris sobre la boca del Foso.

»Solo podía hacer conjeturas sobre lo sucedido.

»Evidentemente había habido una especie de deslizamiento de tierra. Sobre esto no cabía ninguna duda; pero su causa estaba fuera de mi conocimiento; y sin embargo casi la imaginaba, pues recordaba la primera caída de rocas y esa Criatura en el fondo del Foso. Pero en aquellos primeros y confusos momentos no pude llegar a ninguna conclusión sobre la naturaleza de la catástrofe.

»Lentamente el polvo se depositó y pude aproximarme al borde para mirar abajo.

»Durante un instante atisbé con impotencia, tratando de ver algo. Al principio fue imposible distinguir cosa alguna. Luego vi algo moverse a mi izquierda. Lo observé con atención y finalmente alcancé a distinguir tres siluetas borrosas que parecían trepar por el costado del Foso. Solo podía verlas confusamente. Mientras miraba y me preguntaba qué demonios serían, oí un ruido de piedras a mi derecha. Miré a través del Foso, pero no pude ver nada. Luego me incliné y miré hacia el interior del barranco, justo debajo de donde estaba. Entonces descubrí una horrenda y blanca cara de cerdo. El ser había trepado hasta encontrarse a solo un par de yardas de mis pies. Debajo de él puede distinguir otros seres. Cuando la criatura me vio lanzó un repentino y bestial chillido, que fue contestado desde todos los sectores del Foso. Una ráfaga de miedo y horror se apoderó de mí y, agachándome, descargué el arma en su cara. Inmediatamente la criatura desapareció con un estruendo de tierra y piedras sueltas.

»Hubo un silencio, momentáneo, al cual probablemente debo mi vida, pues durante el mismo oí rápidos pasos, y volviéndome bruscamente vi a un grupo de criaturas que venía corriendo hacia mí. Instintivamente alcé la escopeta y disparé sobre el más cercano, que se desplomó lanzando un horrendo aullido. Luego me di la vuelta y empecé a correr. Cuando me hallaba a mitad del camino a la casa, vi a mi hermana caminando hacia mí. No podía distinguir bien su rostro, puesto que había oscurecido, pero adivinaba el temor en su voz cuando me llamaba para averiguar sobre qué estaba disparando.

»—¡Corre! —le grité por toda respuesta—. ¡Corre para salvar tu vida!

»Sin perder tiempo, dio media vuelta y huyó, alzándose la falda con ambas manos. Mientras la seguía, eché una mirada hacia atrás. Las bestias corrían apoyadas sobre sus patas traseras, y a veces sobre las cuatro.

»Pienso que debió de ser el terror que había en mi voz lo que incitó a Mary a correr en esa forma, pues estoy convencido que aún no había visto a las criaturas infernales que nos perseguían.

»Así continuamos corriendo, con mi hermana siempre a la cabeza.

»A cada momento, los cercanos sonidos me indicaban que las bestias nos alcanzaban con rapidez. Afortunadamente estoy acostumbrado a llevar una vida activa, pero aun así el esfuerzo de la carrera estaba empezando a hacer sus efectos.

»Ya podía ver la puerta trasera delante de mí… y por suerte estaba abierta. Me encontraba a media docena de yardas de Mary y la respiración entrecortada casi me hacía sollozar. Entonces algo tocó mi hombro. Giré violentamente la cabeza y vi una de aquellas monstruosas y pálidas caras cerca de la mía. Una de las criaturas había aventajado a sus compañeras y casi me había alcanzado. Cuando me volví trató de agarrarme de nuevo. Con un repentino esfuerzo, salté a un costado y, blandiendo la escopeta por el cañón la dejé caer violentamente sobre la cabeza de la inmunda criatura. El Ser se desplomó, exhalando un quejido casi humano.

»Esta breve demora casi había sido suficiente para que el resto de las bestias me alcanzara. De modo que, sin perder un instante, corrí hacia la puerta.

»Al alcanzarla, entré precipitadamente al pasillo; luego, dándome la vuelta con rapidez, cerré la puerta con fuerza y la atranqué. En ese momento la primera de las criaturas se estrellaba contra ella con un fuerte ruido.

»Mi hermana, jadeante, estaba sentada en una silla. Parecía estar a punto de desmayarse; pero no tenía tiempo de ocuparme de ella. Tenía que asegurarme de que todas las puertas estuvieran bien cerradas. Afortunadamente, lo estaban. La que salía del estudio hacia los jardines fue la última a la que me dirigí. Apenas tuve tiempo de notar que estaba asegurada cuando creí oír un ruido afuera. Me quedé completamente callado y escuché. ¡Sí! Ahora podía oír claramente un ruido susurrante, como de algo que se arrastraba sobre los paneles de la puerta. Parecía arañar la madera. Evidentemente alguna de las bestias estaba probando con sus manos-garras buscando alguna manera de entrar.

»El hecho de que las criaturas hubiesen encontrado la puerta tan pronto era —para mí— una prueba de su capacidad de razonamiento. Me hizo comprender que no debían ser consideradas en ningún modo simples animales. Ya había sentido algo de esto antes, cuando el primer ser me espiaba a través de la ventana. Entonces le había aplicado el término inhumano con un conocimiento casi instintivo de que la criatura era algo diferente a la mera bestia bruta. Era algo más allá de lo humano; pero no en el buen sentido, sino más bien como algo inmundo y hostil a lo *grande* y *bueno* de la humanidad. En una palabra, era algo inteligente y, sin embargo, inhumano. El solo pensar en ellas me llenaba de repugnancia.

»En ese momento me acordé de mi hermana y, dirigiéndome al armario, saqué un frasco de brandy y un vaso. Bajé con ellos a la cocina, llevando además una vela encendida. Ya no estaba en la silla. sino que había caído y yacía en el suelo boca abajo.

»Con mucha suavidad le di la vuelta y, alzándole un poco la cabeza, vertí el brandy entre sus labios. Después de un momento se movió ligeramente. Luego empezó a respirar con dificultad y abrió los ojos. Me miró en un estado de ensueño; parecía observarme sin verme. Luego sus ojos se cerraron lentamente y le di un poco más de brandy. Se quedó silenciosa, respirando con rapidez, tal vez un minuto más. De repente sus ojos se volvieron a abrir. Me pareció que sus pupilas estaban dilatadas, como si el terror hubiese reaparecido al recobrar el conocimiento. Luego, con un movimiento tan inesperado que me hizo retroceder, se incorporó. Al notar que parecía mareada, extendí la mano para sostenerla. Ante eso lanzó un fuerte grito y, poniéndose de pie, salió corriendo de la habitación.

»Por un momento me quedé allí, arrodillado y sosteniendo el botellón de brandy. Estaba completamente asombrado.

»¿Podría ella tenerme miedo? ¡Pero no! ¿Por qué habría de tenerlo? Solo podía deducir que sus nervios habían sido muy sacudidos y que estaba momentáneamente trastornada. Arriba, oí cerrarse una puerta con fuerza y supe que se había refugiado en su cuarto. Deposité el frasco sobre la mesa. Mi atención fue atraída por un ruido en la puerta trasera. Fui hasta allí y me quedé escuchando. Parecía haber sido sacudida, como si alguna de las criaturas forcejease con ella en silencio; pero estaba demasiado fuertemente construida y colocada para que la pudieran mover con facilidad.

»Afuera, en los jardines, se elevaba un sonido continuo. Un oyente casual podría haberlo confundido con los gruñidos y chillidos de una piara de cerdos. Pero mientras estaba allí, se me ocurrió que esos sonidos aparentemente propios de los cerdos podrían tener algún sentido y significado. Poco a poco me pareció encontrar en ellos trazas de lenguaje humano, gutural y pastoso, como si cada articulación, cada palabra fuera difícil de emitir. Empecé a convencerme que lo que oía no era una mera confusión de sonidos, sino más bien un rápido intercambio de ideas.

»Para entonces se había puesto muy oscuro en los pasillos y de ellos provenían todos esos ruidos y gemidos con los cuales se llenan las casas viejas a la caída de la noche. Sin duda es porque entonces las cosas están más silenciosas y uno tiene más tiempo para prestar atención. Puede ser que la teoría de que los repentinos cambios de temperatura a la caída del sol afecten la estructura de la casa y hagan que ésta se contraiga y se dilate, como disponiéndose a pasar la noche, tenga algo de cierto. Puede que así sea, sin embargo aquella noche en particular me habría alegrado estar libre de tantos ruidos extraños. Me parecía que cada crujido o gemido era producido por alguna de esas criaturas llegando a través de los pasillos oscuros. Sin embargo, sabía perfectamente que no podía ser así, pues yo mismo me había encargado que todas las puertas estuvieran bien aseguradas.

»Sin embargo, esos ruidos empezaron a ponerme nervioso hasta tal punto que, aunque no fuera más que para castigar mi cobardía, me obligué a recorrer el subsuelo nuevamente; y si allí había algo, le haría frente. Luego subiría a mi estudio, pues sabía que no podría dormir mientras las casa estuviese rodeada por esos seres infernales, mitad bestias y mitad otra cosa.

»Saqué la lámpara de su gancho en la cocina y me dirigí de un sótano a otro, de una habitación a otra, a través de la despensa y el depósito de carbón, a lo largo de los pasillos y de los centenares de corredores y rincones ocultos que forman el subsuelo de la vieja casa. Cuando estuve completamente seguro de haber visitado cada rincón y cada grieta lo suficientemente grande para ocultar algo, fui hasta las escaleras.

»Cuando ya tenía un pie en el primer escalón, me detuve. Me pareció oír un movimiento, que aparentemente procedía del depósito que se halla a la izquierda de la escalera. Había sido uno de los primeros lugares que registré y, sin embargo, estaba seguro de que mis oídos no me habían engañado. Mis nervios estaban en tensión y sin ninguna vacilación me acerqué a la puerta, sosteniendo la lámpara por encima de la cabeza. De un vistazo vi que el lugar estaba vacío, a excepción de las pesadas lajas de piedra sostenidas por columnas de ladrillos. Estaba a punto de dejar el lugar convencido de haberme equivocado cuando, al darme vuelta, la luz se reflejó en dos puntos brillantes, fuera de la ventana y a gran altura. Por unos momentos me quedé allí mirando fijamente. Luego los puntos se movieron, girando con lentitud y arrojando chispazos verdirrojos; al menos, así me lo pareció. Supe entonces que se trataba de ojos.

»Lentamente, seguí con la mirada la oscura silueta de una de las criaturas. Parecía estar aferrada a los barrotes de la ventana y por su actitud se notaba que había estado trepando. Me acerqué más sosteniendo la luz en alto. No sentía ningún temor; los barrotes eran fuertes y existía poco peligro de que pudiera moverlos. De repente, a pesar de saber que la bestia no podía hacerme daño, fui de nuevo dominado por el horrible miedo que me había asaltado aquella noche, una semana atrás. Era la misma sensación de terror impotente y estremecedor. Me di cuenta vagamente de que los ojos de la criatura miraban a los míos con una mirada continua e irresistible. Traté de alejarme, pero no pude. Me parecía estar viendo la ventana a través de una bruma. Luego sentí que otros ojos habían llegado, también espiándome; hasta que toda una constelación de malignos y fijos ojos parecieron apoderarse de mi mente.

»La cabeza me dio vueltas y comenzó a palpitarme violentamente. En ese momento sentí un agudo dolor en la mano izquierda. Éste se hizo más intenso y me forzó, literalmente, a prestar atención a lo que me pasaba. Con un tremendo esfuerzo miré hacia abajo y al hacerlo se quebró el hechizo que me tenía sujeto. Me di cuenta entonces de que, con mi agitación, de forma inconsciente había cogido la lámpara por su vidrio caliente y me había quemado seriamente la mano. Volví a dirigir mi vista a la ventana. El aspecto brumoso había desaparecido y ahora vi que se aglomeraban ante ella docenas de caras bestiales. Levanté la lámpara en un repentino acceso de ira y la lancé contra la ventana. Golpeó el vidrio (destrozando un cristal) y, pasando entre dos de los barrotes, cayó en el jardín, diseminando petróleo ardiente a su paso. Oí varios fuertes gritos de dolor, y cuando mi vista se acostumbró a la oscuridad, descubrí que las criaturas habían huido.

»Recuperando mi presencia de ánimo, busqué la puerta a tientas y, cuando la encontré, me dirigí a la planta superior, tropezando a cada paso que daba. Me sentía como si hubiera recibido un golpe en la cabeza. Al mismo tiempo la mano me ardía mucho y estaba lleno de una nerviosa y sorda ira contra aquellos Seres.

»Al llegar a mi estudio prendí las velas. Mientras se encendían, los rayos de luz se reflejaban sobre los estantes con las armas de fuego que había en la pared lateral. Al verlas, recordé que allí tenía un poder que, como había probado anteriormente, era fatal para esos monstruos, igual que con los animales comunes; y decidí tomar la ofensiva.

»Primero de todo me vendé la mano, pues el dolor se estaba haciendo intolerable, y el vendaje lo alivió un poco. Crucé la habitación hacia el armero. Allí seleccioné un pesado rifle…, un arma vieja y bien conocida; y habiendo conseguido las municiones necesarias, subí hasta una de las pequeñas torres con las cuales está coronada la casa.

»Allí descubrí que no podía ver nada. Los jardines presentaban solo sombras oscuras, tal vez un poco más negras donde estaban los árboles. Eso era todo, y me di cuenta de que era inútil disparar contra las tinieblas. Lo único que podía hacer era esperar que saliera la luna; entonces podría hacer una pequeña matanza.

»Mientras tanto, me senté inmóvil, con mis oídos bien atentos. Los jardines ahora estaban comparativamente tranquilos y solo subía hasta mí un ocasional gruñido o chillido. No me gustaba este silencio, me hacía preguntar qué infernal ardid estarían tramando las criaturas. Dejé la torre dos veces y di un paseo por la casa, pero todo estaba en calma.

»Una vez me pareció oír un ruido proveniente del Foso, como si hubiera caído más tierra. A continuación, y con una duración de aproximadamente unos quince minutos, hubo una conmoción entre los moradores de los jardines. También esto cesó y todo quedó callado de nuevo.

»Aproximadamente una hora más tarde, la pálida luz de la luna apareció en el lejano horizonte. Desde donde estaba podía verla sobre los árboles; pero no fue hasta que se elevó por encima de los mismos que pude empezar a distinguir detalles en los jardines inferiores. Aun entonces no pude divisar a las bestias; hasta que, cuando acerté a inclinarme, estirando el cuello sobre el parapeto, vi a varias de ellas recostadas contra la pared de la casa. No podía distinguir lo que estaban haciendo. Sin embargo, era una oportunidad demasiado buena para desperdiciarla y, apuntando con mucho cuidado, hice fuego sobre la que estaba directamente debajo. Se oyó un agudo grito y, cuando se aclaró el humo, vi que había caído sobre su espalda y se movía débilmente. Luego se quedó quieta. Las otras habían desaparecido.

»De inmediato oí un fuerte chillido desde el Foso, el cual fue contestado un centenar de veces desde todos los sectores del jardín. Eso me dio una idea sobre el número de criaturas que acechaban y empecé a sentir que el asunto se estaba haciendo más grave de lo que había imaginado.

»Mientras estaba allí sentado, silencioso y vigilante, me detuve a pensar. ¿A qué se debía este ataque? ¿Qué eran estos Seres? ¿Qué significaba todo esto? Luego mis pensamientos regresaron a la visión (aunque ahora dudo que lo fuera) de la Planicie del Silencio. ¿Qué significaba todo aquello?, me pregunté. ¿Y ese Ser en la Arena? ¡Ajj! Por último me puse a pensar en la casa que había visto en aquella lejana comarca.

Aquella casa tan parecida a ésta en todos los detalles de su estructura externa, que bien podría haber sido copiada; o viceversa, ésta copiada de aquélla. Nunca había pensado en eso...

»En ese momento se oyó otro prolongado chillido desde el Foso, seguido un segundo más tarde por un par de chillidos más cortos. De inmediato el jardín se llenó de gritos que respondían. Me incorporé rápidamente sobre el parapeto y miré hacia abajo. A la luz de la luna parecía como si las malezas hubieran cobrado vida. Se agitaban de un lado a otro como si estuvieran sacudidas por un viento fuerte e irregular; mientras llegaba a mí un susurro continuo y un rumor de patas que corrían. Varias veces vi que la luz de la luna brillaba sobre blancas figuras corriendo entre los arbustos, y en dos ocasiones hice fuego. La segunda vez mi disparo fue respondido por un breve chillido de dolor.

»Un minuto más tarde, los jardines estaban silenciosos. Desde el Foso llegaba una profunda y ronca babel de chillidos porcinos. De vez en cuando el aire era atravesado por furiosos gritos, a los que respondían múltiples gruñidos. Se me ocurrió que estaban celebrando una especie de consejo, tal vez para discutir el problema de entrar en la casa. Creo que también parecían estar muy enfurecidos, probablemente a causa del éxito de mis disparos.

»Pensé que ahora sería un buen momento para hacer una inspección final de nuestras defensas. Me aboqué a hacerlo enseguida, visitando de nuevo todo el subsuelo y examinando cada una de las puertas. Por fortuna, todas ellas, como la trasera, están construidas de roble macizo y protegidas con remaches de hierro. Luego subí a mi estudio. Estaba más ansioso por aquella puerta, pues indudablemente se trataba de una construcción más moderna, y aunque es una obra resistente, carece de la pesada estructura de las otras.

»Debo explicar aquí que en ese costado de la casa hay un pequeño y elevado parque de césped, sobre el cual se abre esta puerta. Esta es la razón por la que todas las ventanas del estudio tienen barrotes. Todas las otras entradas —exceptuando el gran portal que nunca se abre— están en la planta inferior.

# El ataque

## VII

»Pasé algún tiempo tratando de resolver la forma de reforzar la puerta del estudio. Finalmente bajé a la cocina y con alguna dificultad llevé arriba varios pesados tablones de madera. Los coloqué inclinados en forma de cuña contra la puerta y apoyados en el suelo, y los clavé en ambos extremos. Trabajé muy duro algo así como media hora, y al final la aseguré como quería.

»Sintiéndome más aliviado, me puse la chaqueta que había dejado a un costado y procedí a solucionar uno o dos asuntos más antes de regresar a la torre. Mientras me hallaba ocupado en eso, oí un forcejeo en puerta y vi que el picaporte se movía. Esperé en silencio. En seguida oí a varias de las criaturas en el exterior. Se estaban comunicando unas a otras por medio de suaves gruñidos. Luego hubo un silencio de aproximadamente un minuto. De repente se escuchó un gruñido rápido y grave, y la puerta crujió como sometida a una tremenda presión. Se habría quebrado hacia adentro si no hubiera sido por los soportes que había colocado. El esfuerzo cesó tan rápidamente como había comenzado y se oyó más parloteo.

»Inmediatamente uno de los Seres chilló suavemente y oí a otros aproximándose. Hubo una corta conferencia; luego nuevamente el silencio. Me di cuenta de que habían llamado a otros para que los ayudaran. Presintiendo que ahora sería el momento supremo, me puse en guardia apuntando con el rifle. Si la puerta cedía, por lo menos mataría al mayor número posible.

»Volvió a oírse la señal apagada y una vez más la puerta crujió bajo el peso de una enorme fuerza. La presión se mantuvo constante tal vez por un minuto; nerviosamente esperé ver caer la puerta con estrépito. Pero no fue así, los soportes aguantaron la presión y el intento fracasó. Luego se oyeron de nuevo los horribles gruñidos, y en su transcurso creo haber notado la llegada de nuevos refuerzos.

»Después de una larga discusión, durante la cual la puerta fue severamente sacudida varias veces, se quedaron callados una vez más. Me di cuenta de que iban a hacer un tercer intento de derribarla. Me encontraba en un estado de desesperación. Los soportes habían sido muy forzados en los ataques previos, y temía que un nuevo intento fuera demasiado para éstos.

»En ese momento, como si fuera una inspiración, tuve una idea. Instantáneamente, pues no había tiempo para vacilaciones, salí corriendo de la habitación y subí una escalera tras otra. Esta vez no fui a una de las torres, sino que subí al plomizo techo plano de la casa. Una vez allí, corrí hasta el parapeto que lo rodea y miré hacia abajo. Cuando lo hice alcancé a oír la breve señal hecha con gruñidos, y hasta allí arriba me llegó el crujido de la puerta sometida al asalto.

»No había tiempo que perder e, inclinándome sobre el parapeto, apunté con rapidez y disparé. El estampido resonó en forma penetrante y, confundiéndose con él, llegó el ruido del impacto de la bala en el blanco. Se escuchó un lamento chillón y la puerta cesó en sus crujidos. Al retirar mi peso del parapeto, un enorme trozo de piedra del borde inclinado se desprendió y cayó con estrépito entre la horda. Varios chillidos horribles tremolaron en el aire nocturno; luego oí el ruido de patas que corrían. Me asomé cautelosamente y, a la luz de la luna, pude ver que la enorme piedra cubría de un extremo a otro el umbral de la puerta. Creo haber visto algo debajo, algo blanco; pero no podía estar seguro.

»Y así pasaron unos minutos.

»Mientras miraba, vi acercarse algo dando vuelta a la casa, fuera de la sombra que ésta proyectaba. Era una de las criaturas. Se dirigió en silencio hasta la piedra y se agachó. No podía ver qué es lo que hacía. Se puso inmediatamente de pie. Había algo en sus garras, algo que acercó a su boca, y empezó a tironear con...

»Por un momento no me di cuenta de lo que sucedía. Luego comencé a comprender con lentitud. La Criatura se estaba agachando otra vez. Era algo horrible. Comencé a cargar mi rifle. Cuando volví a mirar al monstruo, se encontraba tirando de la piedra y moviéndola a un costado. Apoyé el rifle en el borde inclinado y apreté el gatillo. La bestia se desplomó sobre su cara, y dio unos leves pataleos.

»Simultáneamente con el estampido oí otro ruido, el de vidrios rotos. Esperando tan solo para cargar mi arma, corrí por el techo y bajé los dos primeros tramos de la escalera.

»Aquí me detuve a escuchar. Mientras lo hacía, se oyó otro ruido de vidrios rotos, que parecía provenir de la planta baja. Excitadamente bajé los escalones saltando y, guiado por el ruido del marco corredizo de la ventana, llegué a la puerta de uno de los dormitorios vacíos situado en la parte trasera de la casa. La abrí violentamente. La habitación estaba débilmente iluminada por la luz de la luna, en su mayor parte bloqueada por las figuras que se movían en la ventana. Mientras estaba parado allí, una se arrastró a través del marco y penetró en la habitación. Levanté el arma y le disparé a quemarropa, llenando el cuarto con un estampido ensordecedor. Cuando el humo se despejó, vi que la habitación estaba vacía y la ventana libre de intrusos. Todo se veía más claro y el frío aire nocturno penetraba a través de los vidrios destrozados. Desde abajo me llegaba un débil gemido y un confuso murmullo de voces de cerdos.

»Colocándome al costado de la ventana, volví a cargar el arma y aguardé. Pude oír un ruido como de lucha. Desde las sombras podía ver sin ser visto.

»Los ruidos se hicieron más cercanos, entonces vi que algo se elevaba sobre el alféizar y se aferraba al borde roto del marco de la ventana. Se agarraba a un trozo de madera, y ahora podía distinguir que se trataba de una mano y de un brazo. Un momento más tarde, apareció la cara de uno de los cerdos. Antes que pudiera usar el rifle, o hacer alguna cosa, se oyó un crujido seco —c-r-a-c— y el marco de la ventana cedió bajo el peso de la Criatura. Inmediatamente, un ruido sordo y un fuerte griterío me indicaron que había caído al suelo. Con la salvaje esperanza de que hubiese muerto, fui hacia la ventana. La luna se había ocultado tras una nube y no pude ver nada; aunque un constante y confuso bullicio de voces, justo debajo de donde me hallaba, indicaban que había otras bestias muy cercanas a la casa.

»Mientras estaba mirando hacia abajo, me maravillaba de cómo había sido posible que hubiesen trepado tan alto; pues la pared es relativamente lisa y la distancia al suelo debe ser de por lo menos dieciocho pies.

»Mientras me inclinaba hacia afuera revisando la pared, pude ver algo borroso que interrumpía con una línea negra la sombra gris del costado. Pasaba a aproximadamente a dos pies de la izquierda de la ventana. Entonces recordé que una canaleta había sido colocada años atrás para desagotar el agua de la lluvia. Me había olvidado totalmente de su existencia y ahora podía ver cómo se las habían ingeniado para alcanzar la ventana. En el mismo momento en que hallaba la solución, oí un débil ruido de algo que se deslizaba raspando la pared. Me di cuenta de que otro de los cerdos se aproximaba. Esperé unos momentos; luego saqué medio cuerpo fuera de la ventana y tanteé la solidez del caño. Felizmente descubrí que estaba bastante suelto y, usando el caño del rifle como palanca, comencé a separarlo de la pared. Trabajé con rapidez, y luego, cogiéndolo con ambas manos, lo arranqué de su lugar y lo arrojé violentamente hacia abajo —con la Criatura todavía aferrada a él— hasta que cayó al jardín.

»Me quedé escuchando otros minutos, pero después del primer griterío general no oí nada más. Supe entonces que ya no había razón para temer un ataque de ese sector. Había eliminado el único medio para alcanzar la ventana. Y como ninguna de las otras poseía una cañería de agua adyacente que pudiera tentar las facultades trepadoras de los monstruos, empecé a sentir más confianza de escapar a sus garras.

»Dejé la habitación y descendí hasta el estudio, ansioso de ver cómo la puerta había resistido el último ataque. Al entrar encendí dos de las velas y me dirigí hacia ella. Uno de los grandes maderos había sido desplazado, y de ese lado la puerta había sido forzada unas seis pulgadas hacia adentro.

»Fue providencial que hubiera logrado espantar a las bestias cuando lo hice. ¡Y esa piedra del techo! Vagamente me preguntaba cómo se habría soltado. Cuando hice el primer disparo no noté que estuviera floja, y cuando me incorporé sentí que se deslizaba debajo de mí... Me di cuenta de que la derrota de la fuerza atacante se debía más a su oportuna caída que a mi rifle. En ese momento se me ocurrió aprovechar la oportunidad para reforzar otra vez la puerta. Era evidente que las criaturas no habían regresado desde la caída de la piedra. ¿Pero quién podría decir cuánto tiempo más se mantendrían alejadas?

»Me puse a trabajar intensa y ansiosamente en la reparación de la puerta. Bajé al subsuelo y, buscando por todos lados, encontré varios tablones de pesado roble. Retorné con ellos al estudio y, quitando los puntales, los coloqué contra la puerta. Luego clavé las puntas sujetándolos con firmeza.

»De este modo quedó más firme que nunca; al menos se veía maciza con el respaldo de las maderas. Me convencí que aguantaría una presión mayor sin ceder un ápice.

»Entonces encendí la lámpara que había traído de la cocina y bajé a echar un vistazo a las ventanas inferiores.

»Ahora que había visto la fuerza que poseían las criaturas, sentí una considerable inquietud por las ventanas de la planta baja, a despecho de que poseyeran fuertes barrotes.

»Primero fui a la despensa, teniendo muy presente el recuerdo de mi reciente aventura. El lugar estaba frío y el viento susurraba a través del vidrio roto, produciendo una fantástica nota. A excepción del aura de tristeza general, el lugar estaba tal como lo había dejado la noche anterior. Subí hasta la ventana y observé los barrotes de cerca, notando su gran espesor. Sin embargo, al mirar con más atención me pareció que el barrote del medio estaba un poco combado. La torcedura era de poca importancia y podría haber estado allí durante años. Nunca antes les había prestado atención en particular.

»Saqué la mano por la ventana rota y sacudí el barrote. Estaba tan firme como una roca. Tal vez las criaturas habían tratado de arrancarlo y, al hallar que no podían moverlo, cesaron en sus esfuerzos. A continuación recorrí las ventanas una por una, examinándolas con cuidado, pero en ninguna otra parte pude hallar señales de que hubieran sido tocadas. Cuando terminé la inspección, regresé al estudio y me serví un poco de brandy. Luego volví a la torre a continuar la vigilancia.

# Después del ataque

## VIII

»Eran alrededor de las tres de la mañana y muy pronto el cielo comenzó a alumbrarse con la llegada del alba. Gradualmente se hizo de día y ya con luz exploré los jardines con atención; pero en ninguna parte pude ver señales de las bestias. Me incliné sobre el parapeto y miré hacia el pie del muro buscando el cadáver de la Criatura que había matado la noche anterior. Había desaparecido. Supongo que los otros monstruos la habían sacado durante la noche.

»Luego, subí al techo y salvé la brecha desde la cual había caído la enorme piedra. Al llegar a ella miré hacia abajo. Sí, allí estaba, tal como la había visto la última vez, pero no parecía haber nada debajo de ella. No podía ver a la Criatura que había matado en su caída. Evidentemente había sido retirada. Retorné a la casa y bajé al estudio. Allí me senté, muy cansado. Estaba totalmente agotado. Ya había aclarado, aunque los rayos del sol no eran aún perceptiblemente cálidos. Un reloj dio cuatro campanadas...

»Me desperté sobresaltado y miré apresuradamente a mi alrededor. El reloj del rincón indicaba que eran las tres. Ya era por la tarde y debí haber dormido casi once horas.

»Con un movimiento brusco me incorporé en la silla y presté atención. La casa estaba totalmente silenciosa. Me puse de pie con lentitud y bostecé. Me sentía aún desesperadamente cansado y me volví a sentar preguntándome qué sería lo que me había despertado. De inmediato deduje que debía haber sido el reloj al dar la hora, y estaba comenzando a quedarme dormido nuevamente cuando un ruido repentino me volvió a despertar. Era el ruido de los pasos de una persona moviéndose cautelosamente por el corredor en dirección al estudio. Instantáneamente me puse de pie y cogí el rifle. ¿Habrían forzado la puerta durante mi sueño? Mientras me hacía esta pregunta, los pasos llegaron hasta mi puerta, se detuvieron momentáneamente y luego continuaron por el pasillo. Me dirigí a la puerta de puntillas y espié hacia afuera. Entonces experimenté una sensación de alivio tal como debe sentir un criminal al cual se le perdona. Era mi hermana. Se dirigía hacia las escaleras.

»Entré en la sala, y estaba a punto de llamarla cuando se me ocurrió que era extraño que se deslizara ante mi puerta de manera tan furtiva. Estaba intrigado y por un instante llegué a pensar que no era mi hermana, sino algún nuevo misterio de la casa. Entonces divisé su viejo vestido y el pensamiento se alejó tan rápidamente como había venido; casi me eché a reír. La antigua prenda era inconfundible. Sin embargo, su conducta me intrigaba; y al recordar su estado mental del día anterior, presentí que sería mejor seguirla calladamente —cuidando de no alarmarla— y ver qué iba a hacer. Si se comportaba en forma racional, bien; si no tendría que tomar medidas para detenerla. No podía correr riesgos innecesarios ante el peligro que nos amenazaba.

»Llegue con rapidez a la cabecera de las escaleras y me detuve un momento. Entonces oí un ruido que me hizo bajar la escalera a los saltos: era el ruido de los pasadores descorriéndose. Mi tonta hermana estaba desatrancando la puerta trasera.

»Justo en el momento en que su mano estaba en el último pasador, la alcancé. No me había visto y lo primero que supo fue que la tenía sujeta por el brazo. Levantó la vista con rapidez, semejante a un animal asustado; y lanzó un fuerte grito.

»—Vamos, Mary —dije severamente—, ¿qué significa este desatino? ¿Quieres hacerme creer que no comprendes el peligro, cuando arriesgas nuestras vidas de este modo?

»Ella no replicaba, sino que simplemente temblaba con violencia, con la respiración entrecortada y sollozando como si estuviera poseída por un gran terror.

»Traté de razonar con ella por algunos minutos, señalándose la necesidad de ser cuidadosos y pidiéndole que fuera valiente. Le expliqué que ya no había nada que temer. Le hablé así —tratando de creer en lo que estaba diciendo— y le rogué fuera sensata y no intentara dejar la casa por unos días.

»Por último abandoné mis esfuerzos y con desesperación comprendí que no valía la pena hablarle, pues era obvio que no estaba bien en ese momento. Finalmente le pedí que si no podía actuar de manera racional se fuera a su cuarto.

»Aun así no me hacía caso. Así que, sin perder más tiempo, la levanté en brazos y la llevé hasta allí. A1 principio gritó salvajemente, pero cuando llegó a las escaleras se quedó temblando en silencio.

»Al llegar a su cuarto la deposité sobre la cama. Allí se quedó bastante quieta, sin hablar ni sollozar, simplemente sacudida por un escalofrío de terror. Tomé una manta de una silla cercana y la extendí sobre su cuerpo. Ya no podía hacer nada más, así que crucé la habitación hasta el lugar donde *Pepper* yacía en una enorme canasta. Mi hermana lo había tomado a su cargo para curarle, pues su herida había resultado más grave de lo que en principio parecía. Noté con satisfacción que, pese a su estado mental, había cuidado bien al viejo perro. Me agaché mientras le hablaba y me respondió lamiéndome la mano débilmente. Estaba demasiado delicado para hacer otra cosa.

»Luego volví a la cama y me incliné sobre mi hermana para preguntarle cómo se sentía; pero solo logré que temblara más, y con gran dolor de mi parte tuve que admitir que mi presencia parecía empeoraría.

»Entonces la dejé, y cerrando la puerta me fui, guardando la llave en el bolsillo. Me pareció lo más adecuado que podía hacer.

»Pasé el día caminando entre la torre y el estudio. Para alimentarme, traje un pedazo de pan de la despensa, y con esto y un poco de vino pasé el día.

»¡Qué día largo y cansado fue! Si hubiese podido salir a los jardines como era mi costumbre, me habría sentido bastante contento. Pero estar encerrado en esta casa silenciosa, sin otra compañía que una mujer que había perdido el juicio y un perro herido, era suficiente para agobiar al más fuerte. Y allá, entre los enmarañados arbustos que rodeaban la casa, se ocultaban —por lo que podía saber— esos cerdos infernales esperando su oportunidad. ¿Alguna vez se encontró un hombre en tal apuro?

»Dos veces, una al atardecer y otra un poco más tarde, fui a visitar a mi hermana. La segunda vez la encontré atendiendo a *Pepper*, pero ante mi proximidad se deslizó con discreción a un rincón alejado, con un gesto que me entristeció profundamente. ¡Pobre muchacha! Su miedo me hería en forma intolerable y no me atrevía a molestarla de forma innecesaria. Confiaba en que estaría mejor en unos días; mientras tanto nada podía hacer. Juzgué que era necesario —por cruel que parezca— mantenerla confinada en su habitación. Una cosa me animó, había comido un poco del alimento que le había llevado en mi primera visita.

»Y así transcurrió el día.

»A medida que se acercaba la noche el aire se hizo más frío y empecé a hacer los preparativos para pasar una segunda velada en la torre, llevándome dos rifles adicionales y un pesado úlster. Cargué los rifles y los dejé juntos. Deseaba hacer las cosas lo más incómodas posibles para cualquier criatura que apareciera durante la noche. Tenía abundante munición y pensaba dar a las bestias una lección tal que les demostrara lo inútil de su intento de entrar por la fuerza.

»Después volví a recorrer la casa, prestando particular atención a los tirantes que sostenían las puertas del estudio. Luego, sintiendo que había hecho todo lo que podía para asegurar nuestra protección, volví a la torre, visitando a mi hermana y a *Pepper* en el trayecto. *Pepper* estaba dormido; pero se despertó cuando entré y meneó la cola al reconocerme. Parecía estar levemente mejor. Mi hermana estaba acostada, pero no pude ver si estaba dormida o no. Viéndolos tranquilos, los dejé.

»Al llegar a la torre, me acomodé tanto como las circunstancias me lo permitieron y me preparé para vigilar durante toda la noche. Gradualmente llegó la oscuridad y muy pronto los detalles de los jardines se confundieron en las sombras. Durante las primeras horas me quedé sentado, alerta, tratando de escuchar cualquier ruido que pudiera indicarme que allá abajo algo se movía. Estaba demasiado oscuro para que mis ojos fueran de alguna utilidad.

»Las horas pasaron con lentitud sin que sucediera nada extraordinario. Salió la luna, que reveló los jardines aparentemente vacíos y silenciosos. Y así pasó la noche, sin perturbaciones ni ruidos.

»Hacia la mañana empecé a sentirme rígido y helado, a causa de mi larga vigilia, y a inquietarme por la continua tranquilidad de las criaturas. No confiaba en ella, y prefería más que éstas hubiesen atacado la casa abiertamente. Entonces al menos hubiera sabido a qué peligro enfrentarme. Pero esperar así, toda la noche, imaginándome toda clase de infernales acontecimientos desconocidos, era capaz de poner en peligro mi cordura y la de cualquiera. Una o dos veces pensé que tal vez se hubieran ido; pero en lo más profundo de mi corazón lo hallé imposible.

# En los sótanos

## IX

»Por último, muerto de frío y cansancio, resolví dar un paseo por la casa: lo primero que hice fue ir al estudio, con el fin de tomar un vaso de brandy para entrar en calor. Mientras estaba allí observé la puerta, pero encontré todo como lo había dejado la noche anterior.

»Ya estaba amaneciendo cuando dejé la torre, aunque todavía estaba demasiado oscuro para poder ver dentro de la casa. Así que tomé una de las velas del estudio para empezar la ronda. Cuando terminé de revisar la planta baja, ya se insinuaba débilmente la luz del día a través de los barrotes de las ventanas. Mi búsqueda no había mostrado nada nuevo. Todo estaba en orden. A punto de apagar la vela, se me ocurrió la idea de echar otra mirada a los sótanos. No había estado en ellos desde mi apresurada búsqueda la noche del ataque.

»Vacilé, quizá medio minuto. Habría estado dispuesto a abandonar la tarea —como hubiera podido abandonarla cualquier hombre—, pues de todas las grandes y escalofriantes habitaciones de esta casa, las de los sótanos eran las más enormes y tenebrosas. Eran grandes cavernas a las cuales no llegaba nunca la luz del día. No quería, sin embargo, eludir la tarea. Pensé que hacerlo sería mostrar verdadera cobardía. Además, como traté de asegurarme a mí mismo, los sótanos eran el lugar más improbable en donde podría tropezar con algo peligroso; considerando que solamente se puede entrar a ellos a través de una pesada puerta de roble, cuya llave guardaba siempre en mi poder.

»En la más pequeña de estas cámaras guardo el vino; un agujero tenebroso situado al pie de las escaleras de los sótanos; y más allá del cual rara vez me he aventurado. En verdad, salvo por la revisión ya mencionada, dudo que haya estado antes en todos los rincones.

»Mientras abría la gran puerta en la parte superior de la escalera, me detuve un momento nerviosamente, ante el extraño y desolado olor que llegó a mis fosas nasales. Luego, protegido por el cañón de mi rifle, descendí lentamente hacia las tinieblas subterráneas.

»Al llegar al fondo de la escalera, me detuve por un minuto a escuchar. Todo era silencio, excepto un débil goteo de agua que caía paulatinamente en algún lugar a mi izquierda. Mientas estaba allí, noté con qué quietud se consumía la vela. El lugar estaba tan desprovisto de corriente de aire que no se veía ninguna alteración en su llama.

»Me desplacé calladamente de sótano en sótano. Solo tenía un muy vago recuerdo de su disposición. Las impresiones de mi primera búsqueda eran borrosas. Me quedaban recuerdos de una interminable sucesión de grandes sótanos, y de uno mayor que los demás, cuyo techo estaba sostenido por columnatas; más allá mi mente estaba confusa y predominaba en ella una sensación de frío y de sombras. Sin embargo, ahora era diferente, pues aun cuando estaba nervioso, me sentía lo suficientemente calmo como para mirar a mi alrededor y notar la estructura y el tamaño de las diferentes bóvedas en las cuales entraba.

»Por supuesto, con la débil luz que producía la vela no me era posible examinar cada lugar minuciosamente; pero no pude dejar de notar, mientras iba de un lado a otro, que las paredes parecían estar construidas con una precisión y una terminación maravillosas, mientras que el techo abovedado estaba sostenido por ocasionales y macizas columnas.

»Así llegué por fin al gran sótano que recordaba. Se logra acceso a él por una enorme entrada arqueada, en la cual se podían observar extraños y fantásticos grabados que producían extravagantes sombras bajo la luz de la vela. Mientras los examinaba, se me ocurrió pensar cuán extraño era que conociese tan poco mi propia casa. Sin embargo, esto se puede entender fácilmente, cuando uno se da cuenta del tamaño de esta antiquísima mole, y del hecho que solo mi hermana y yo vivíamos en ella, ocupando solo las pocas habitaciones que nos eran necesarias.

»Sosteniendo la luz en alto, entré al sótano y, manteniéndome a mi derecha, caminé hasta alcanzar el extremo más lejano. Mientras avanzaba en silencio, miré con cautela a mi alrededor. Pero hasta donde la luz llegaba no pude ver nada desacostumbrado.

»Al llegar al otro extremo, doblé a la izquierda, manteniéndome cerca de la pared, y continué así hasta que hube atravesado toda la enorme cámara. Mientras me desplazaba, noté que el suelo era de roca sólida, en algunos lugares cubierto de un moho húmedo, mientras que en otros estaba casi completamente desnudo, salvo por una fina capa de polvo grisáceo.

»Me había detenido en la entrada. Sin embargo, di media vuelta y me encaminé al centro del lugar, pasando entre las columnas y mirando a derecha e izquierda. A mitad de camino me topé contra algo que produjo un sonido metálico al chocar con mi pie. Me agaché rápidamente y, sosteniendo la vela, vi que el objeto que había pateado era un gran anillo de metal. Me agaché más y despejé el polvo que lo rodeaba, descubriendo inmediatamente que estaba sujeto a una imponente puerta-trampa ennegrecida por los años.

»Me sentí excitado y, preguntándome adónde podría conducir, dejé mi arma en el suelo. Coloqué la vela sobre el arco del gatillo, cogí el aro con ambas manos y tiré con fuerza. La trampa crujió, llenando de vagos ecos todo el recinto, y se abrió pesadamente.

»Sosteniendo el borde de la trampa con mi rodilla, tomé la vela y la puse frente a la abertura, desplazándola de derecha a izquierda; pero nada pude ver. Me sentí confuso y sorprendido. No había señales de escalones y todo indicaba que nunca los había habido. Nada, salvo la oscuridad. Era como si estuviese mirando un pozo sin fondo y sin costados. Mientras miraba, lleno de perplejidad, me pareció oír en la profundidad —como si viniera de una distancia insondable— un débil murmullo. Me incliné hacia la abertura y escuché con atención. Puede ser una fantasía mía, pero habría jurado haber oído una suave risita, que fue creciendo hasta convertirse en una horripilante risa contenida, leve y lejana. Sobresaltado, di un paso atrás dejando caer la trampa con un sonido sordo que llenó de ecos el recinto. Aun entonces me pareció oír esa risa burlona y sugestiva, pero debió haber sido solo mi imaginación. El sonido que había oído era demasiado leve para atravesar la pesada puerta-trampa.

»Me quedé allí, temblando y mirando con intranquilidad a ambos lados; pero el gran sótano permanecía silencioso como una tumba y poco a poco me libré de la sensación de terror. Con la mente más tranquila, volví a sentir curiosidad por saber hacia dónde se abría la trampa; pero en ese momento no pude reunir suficiente valor como para hacer más averiguaciones. No obstante, sentí que debía asegurarla. Lo logré colocándole encima varios pedazos de piedra labrada que había visto en mi gira a lo largo de la pared este.

»Después de realizar un examen final del resto del recinto, volví sobre mis pasos a través de los sótanos hasta la escalera, para salir a la luz del día con una infinita sensación de alivio, ahora que había concluido esa incómoda tarea.

# El tiempo de espera

## X

»Ahora el sol estaba cálido y brillaba con fuerza, presentando un maravilloso contraste con los oscuros y lúgubres sótanos, y comparativamente aliviado me dirigí a la torre para examinar los jardines. Encontré todo tranquilo, y después de unos minutos bajé a las habitaciones de Mary.

»Después de llamar y recibir respuesta, abrí la puerta con mi llave. Mi hermana estaba sentada tranquilamente en la cama como si estuviera aguardándome. Parecía encontrarse bien y no intentó alejarse cuando me aproximé; no obstante, observé que miraba mi rostro con ansiedad, como si tuviera dudas. Parecía que solo pudiera asegurarse a medias de no tener motivos para temerme.

»Cuando le pregunté cómo se sentía, replicó con absoluta cordura que tenía hambre y que le gustaría bajar a preparar el desayuno, si yo no tenía inconveniente. Medité un momento si sería seguro dejarla salir. Finalmente le dije que podía hacerlo, a condición de que prometiera no tratar de abandonar la casa, o tocar alguna de las puertas exteriores. Cuando mencioné las puertas, una repentina mirada de temor pasó por su rostro; pero no dijo nada. Efectuó la promesa requerida y dejó la habitación en silencio.

»Crucé el cuarto y me acerqué a *Pepper*. Se había despertado cuando entré, pero salvo un leve grito de placer y un suave golpeteo con la cola, se había mantenido silencioso. Cuando lo palmeé cariñosamente, hizo un intento de incorporarse, y lo logró, para luego caer de costado con un corto aullido de dolor.

»Le hablé e hice que se quedara quieto. Me alegró mucho su mejoría, y agradecí la natural bondad de mi hermana al cuidarlo tan bien, a pesar de su estado mental. Poco después bajé a mi estudio.

»Al rato apareció Mary trayendo una bandeja en la que humeaba un desayuno caliente. Cuando entró en el cuarto, vi su mirada posarse en los tirantes que sostenían la puerta. Apretó los labios y creí verla palidecer ligeramente, pero eso fue todo. Dejó la bandeja cerca de mí, y ya se marchaba en silencio cuando la llamé para que volviera.

»Retornó un poco tímidamente, como si estuviera sobresaltada; y noté que su mano sujetaba con nerviosismo el delantal.

»—Vamos, Mary —le dije—, ánimo. Las cosas van mejor. Desde ayer por la mañana no veo ninguna criatura.

»Me miró de un modo curioso, como si no me comprendiera. Luego la inteligencia pareció surgir en sus ojos juntamente con el temor, pero no dijo nada, excepto un murmullo de asentimiento. Después me quedé en silencio; era evidente que cualquier referencia a los cerdos era más de lo que sus excitados nervios podían soportar.

»Una vez terminado el desayuno, subí a la torre. Me mantuve allí durante la mayor parte del día, ejerciendo estricta vigilancia sobre los jardines. Una o dos veces bajé a ver cómo estaba mi hermana. La encontré tranquila y curiosamente sumisa. En verdad, en la última ocasión, hasta se aventuró a dirigirme la palabra sin que yo le hablara, con respecto a un asunto de la casa que necesitaba atención. Aunque todo eso fue hecho con una extraordinaria timidez, lo recibí con felicidad, como si fuera la primera palabra dicha voluntariamente desde aquel momento crítico, cuando la sorprendí quitando la tranca de la puerta, para salir al encuentro de esas bestias que acechaban. Me preguntaba si sabía lo que había intentado hacer, y cuán cerca había estado de realizarlo; pero me abstuve de interrogarla, pensando que era mejor dejarla tranquila.

»Esa noche dormí en una cama por primera vez en dos días. Por la mañana me levanté temprano y di un paseo por toda la casa. Todo estaba normal y subí a la torre para echar una mirada a los jardines. Volví a hallar todo en perfecta quietud.

»Cuando me encontré con Mary durante el desayuno, quedé muy complacido al ver que había recuperado suficiente dominio sobre sí misma como para poder saludarme de modo perfectamente natural. Hablaba con sensatez y tranquilidad, evitando con cuidado cualquier mención a los días pasados. Le seguí la corriente hasta el extremo de no intentar llevar la conversación a ese tema.

»Por la mañana temprano había ido a ver a *Pepper*. Se estaba recuperando rápidamente y daba muestras de poder ponerse en pie en un día o dos. Antes de dejar la mesa, comenté al pasar la mejoría del perro. En la breve conversación mantenida me sorprendió deducir por los comentarios de mi hermana que todavía pensaba que la herida había sido producida por el gato montés de mi invención. Me hacía sentir casi avergonzado por haberla engañado. No obstante, había dicho la mentira para que no se asustase. Sin embargo, estaba seguro de que debía haberse enterado de la verdad más tarde, cuando las bestias atacaron la casa.

»Estuve alerta durante todo el día; pasando como en la víspera mucho tiempo en la torre; pero no pude ver señales de los cerdos, ni oír ningún ruido sospechoso. Varias veces pensé que las criaturas nos habían abandonado finalmente, pero hasta ese momento me había negado a considerar la idea con seriedad; ahora, sin embargo, empecé a sentir que había motivos para tener esperanzas. Pronto harían tres días desde que había visto por primera vez a esos seres, pero todavía obraba con la mayor cautela posible. Este silencio prolongado podría ser una estratagema para tentarme a salir de la casa, y tal vez caer en sus garras. La idea misma de tal contingencia era suficiente para hacerme actuar con prudencia.

»Fue así que tranquilamente pasaron el cuarto, el quinto y el sexto día sin que hiciera ningún intento por dejar la casa.

»El sexto día, tuve el placer de ver a *Pepper* capaz de sostenerse sobre sus patas y, aunque estaba todavía muy débil, se las arregló para hacerme compañía durante toda la jornada.

# La búsqueda
# en los jardines

## XI

»El tiempo transcurría con lentitud; y nunca sucedió nada que indicara que alguna de las bestias aún merodease por los jardines.

»Fue al noveno día que finalmente decidí correr el riesgo, si es que existía alguno, de intentar una salida. Con este propósito in mente, cargué cuidadosamente una de las escopetas, eligiendo esta arma porque es más mortífera que un rifle para disparar a quemarropa; después de efectuar desde la torre un examen final de los terrenos, llamé a *Pepper* para que me siguiera y descendí a la planta baja.

»Debo confesar que vacilé un momento en la puerta. El pensar en lo que podría estar aguardándome en la tenebrosa espesura no alentaba mi resolución de ninguna manera. Sin embargo, dudé solo un segundo, al cabo del cual descorrí los cerrojos y me encontré de pie en el sendero, fuera de la casa.

»*Pepper* me siguió y se detuvo en el escalón para olfatear con desconfianza, pasando su nariz por las jambas de la puerta como si estuviera siguiendo un rastro. Repentinamente, giró de forma brusca y empezó a recorrer los alrededores de la entrada, efectuando unas curiosas idas y venidas, para finalmente retornar al umbral. Una vez allí comenzó nuevamente a olfatear el sitio.

»Hasta el momento había estado observando al perro, sin dejar de mirar durante todo ese tiempo la salvaje maraña de los jardines que se extendía a mi alrededor. Entonces me dirigí hacia él y, agachándome, examiné la superficie de la puerta que estaba olfateando. Descubrí que la madera estaba cubierta por una red de rasguños, que se entrecruzaban unos sobre otros en forma inextricable. Noté además que las mismas jambas parecían estar roídas en algunos lugares. Fuera de estas señales, no pude encontrar nada más; así que me puse de pie y comencé a inspeccionar las paredes.

»Tan pronto como me alejé, *Pepper* se apartó de la puerta y corrió, olfateando y husmeando mientras avanzaba. A veces se detenía para investigar. Aquí podría ser un orificio de bala en el sendero, o quizás, una cápsula manchada de pólvora. Luego podría ser un puñado de césped arrancado o un trecho de sendero en desorden. Pero a excepción de estas pequeñeces no encontré nada inusual. Observaba atentamente al perro mientras marchaba, pero no pude descubrir en su conducta ningún rasgo de inquietud que me indicara que alguna de las criaturas se encontrara cerca. Esto me confirmó que los jardines estaban vacíos, por lo menos hasta el momento, de aquellos aborrecibles Seres. No era fácil engañar a *Pepper*, y era un alivio saber que sentiría el peligro, y me lo haría saber con la suficiente antelación.

»Al llegar al lugar donde había disparado a la primera criatura, me detuve e hice una cuidadosa inspección; pero no pude ver nada. Desde allí continué hasta la gran piedra caída del techo. Permanecía sobre un costado, aparentemente tal como quedó cuando maté a la bestia que la estaba moviendo. A unos dos pies a la derecha del extremo más cercano, había una gran hendidura en el suelo que mostraba dónde había golpeado. El otro extremo estaba aún dentro del hueco, mitad dentro, mitad fuera. Al acercarme la examiné más detalladamente. ¡Qué enorme pedazo de mampostería era! Y esa criatura la había movido sin ninguna ayuda, en su intento de alcanzar lo que estaba debajo.

»Di la vuelta hasta el extremo alejado de la piedra. Allí descubrí que era posible ver debajo de la misma unos dos pies. Sin embargo, no pude ver nada de las malhadadas criaturas, y me sentí muy sorprendido. Como he dicho anteriormente, había adivinado que los restos fueron retirados; pero, no obstante, no podía concebir que se hubiera hecho tan completamente como para no dejar ninguna señal debajo que indicara qué había sido de las bestias. Había visto varias de ellas derribadas con tal fuerza que debían haber sido literalmente clavadas en el suelo; y ahora no podía ver ni un vestigio de sus cuerpos… ni siquiera una mancha de sangre.

»Me sentí más confundido que nunca, mientras el asunto daba vueltas en mi cabeza, pero no pude pensar ninguna explicación plausible; y finalmente me di cuenta de que tan solo era una más de las muchas cosas inexplicables que habían pasado.

»Desde allí transferí mi atención a la puerta del estudio. Ahora podía ver con más claridad los efectos de la tremenda presión a la cual había estado sometida; y me maravillé que aun, con el apoyo ofrecido por los puntales, hubiera resistido tan bien los ataques. No había marcas de golpes —en verdad ninguno había sido asestado—, pero había sido literalmente arrancada de sus goznes por la aplicación de una enorme y silenciosa fuerza. Observé una cosa que me afectó profundamente. La cabeza de uno de los puntales había atravesado un panel. Esto demostraba por sí mismo cuán enorme había sido el esfuerzo realizado por las criaturas para derribarla, y cuán cerca habían estado de lograrlo.

»Al dejar ese lugar continué mi inspección alrededor de la casa, pero poco pude encontrar de interés; salvo cuando tropecé en la parte posterior con un trozo de cañería. Era la misma que había arrancado de la red y estaba entre el alto pasto bajo la ventana rota.

»Luego regresé a la casa y, después de colocar nuevamente los cerrojos de la puerta trasera, subí a la torre. Allí pasé la tarde, leyendo y mirando ocasionalmente a los jardines. Había decidido que, si pasaba la noche con tranquilidad, iría al Foso la mañana siguiente. Tal vez podría enterarme entonces de lo que había sucedido. Transcurrió el día, llegó la noche y todo continuó como las noches anteriores.

»Cuando me levanté ya había amanecido; era un día despejado y hermoso; y decidí poner en práctica mi proyecto. Estuve considerando el asunto cuidadosamente durante el desayuno; luego fui al estudio a buscar mi escopeta. Además, cargué y puse en mi bolsillo una pequeña pero pesada pistola.

Entendía perfectamente que, si había peligro, éste vendría del Foso. Y pensaba estar bien preparado.

»Al dejar el estudio bajé hasta la puerta trasera seguido de *Pepper*. Una vez afuera, hice una rápida inspección de los jardines circundantes e inicié mi marcha hacia el Foso. En el camino mantuve una aguda vigilancia, sosteniendo el arma lista para disparar. *Pepper* corría delante y noté que lo hacía sin ninguna vacilación. Supe así que no había ningún peligro inminente y continué caminando rápidamente tras él. El perro había alcanzado la cima del Foso y husmeaba mientras corría por el borde.

»Un minuto más tarde me encontré a su lado mirando hacia abajo. Por un momento, apenas pude creer que era el mismo lugar, tanto había cambiado. La garganta tenebrosa y arbolada de dos semanas atrás, con una corriente oculta entre el follaje, ya no existía. En su lugar se ofrecía a mis ojos un accidentado abismo parcialmente lleno por un sombrío lago de aguas turbias. Un costado entero del barranco había sido despojado de maleza y mostraba la roca desnuda.

»Un poco a mi izquierda el costado del Foso parecía haberse derrumbado, formando una profunda hendidura en forma de V en el frente del risco. Esta hendidura corría desde el borde superior del barranco hasta casi el nivel del agua y penetraba en el costado del Foso unos cuarenta pies. Su abertura tenía por lo menos seis yardas de diámetro y desde esta distancia parecía disminuir gradualmente hasta alrededor de dos. Pero lo que atrajo mi atención aún más que la estupenda rajadura fue un gran agujero situado a cierta distancia bajo la hendidura, justo en el ángulo de la V. Estaba claramente definido, y por su forma no era muy distinto de un portal arqueado, pero como estaba situado en una zona de sombra no pude distinguirlo muy bien.

»El lado opuesto del Foso retenía aún su verdor, pero estaba tan quebrantado en algunos lugares, y tan cubierto de polvo y basura, que apenas podía distinguírselo.

»Mi primera impresión de un deslizamiento de tierra era insuficiente para explicar todos los cambios de que era testigo. ¿Y el agua?... Me volví repentinamente, pues me percaté de que a mi derecha se oía el rumor de una corriente. No pude ver nada, pero ahora que había llamado mi atención, deduje fácilmente que provenía de algún lugar en el extremo este.

»Me encaminé lentamente en esa dirección; el sonido se hizo más evidente mientras avanzaba y en poco tiempo me encontré exactamente encima de él. Aun entonces no podía percibir la causa del ruido, hasta que me arrodillé y saqué la cabeza sobre el risco. Ahora el ruido me llegaba claramente y pude ver debajo de mí un torrente de aguas claras que salía de una pequeña fisura en el costado del Foso y se precipitaba por las rocas hasta verterse en el lago. Un poco más lejos, a lo largo del risco, vi otro más, y más allá otros dos más pequeños. Estas cascadas me ayudaron a comprender por dónde llegaba el agua al Foso. Si la caída de rocas y tierra había bloqueado la salida de la corriente situada en el fondo, había pocas dudas de que estos torrentes estaban contribuyendo a aportar la gran cantidad de agua visible.

»Sin embargo, me devanaba los sesos buscando una explicación para el aspecto de *sacudimiento* que presentaba el lugar. ¡Esas pequeñas corrientes y aquella enorme hendidura en el barranco! Me parecía que se necesitaba más que un deslizamiento de tierra para justificar estos cambios. Podía imaginar que un terremoto o una gran *explosión* pudieran crear un estado de cosas como el que existía, pero nada de esto había sucedido. Entonces me puse rápidamente de pie y recordé aquel estrépito, seguido inmediatamente por la columna de polvo lanzada por los aires. Pero sacudí la cabeza negándome a creer en ello. ¡No! Lo que oí debió haber sido el ruido de las rocas y tierra cayendo. Por supuesto, el polvo podía remontarse por el aire naturalmente. Sin embargo, a pesar de mi razonamiento me quedaba el presentimiento de que esta teoría no satisfacía mi sentido de lo probable. ¿Y sin embargo existía alguna otra que se pudiese sugerir, alguna otra tan plausible? *Pepper* había estado sentado en la hierba mientras yo efectuaba el examen. Cuando me dirigí hacia el lado norte de la garganta, se incorporó y me siguió.

»Rodeé el Foso con lentitud, manteniendo una cuidadosa vigilancia en todos lados; pero encontré pocas cosas que no hubiera visto ya. Desde el lado oeste podía divisar las cuatro cascadas vertiendo agua en forma ininterrumpida. Había una considerable distancia desde la superficie del lago hasta el borde superior… unos quince pies aproximadamente, calculé.

»Me entretuve un poco más por los alrededores, manteniendo los ojos y los oídos atentos, pero no pude ver ni oír nada sospechoso. Todo el lugar estaba maravillosamente silencioso y, salvo el continuo murmullo del agua en el extremo superior, ningún sonido conocido quebraba la quietud.

»Durante todo ese tiempo, *Pepper* no había mostrado señales de alarma. Me pareció que esto indicaba que por el momento al menos no había ningún cerdo en las cercanías. Hasta donde podía ver, su atención estaba centrada principalmente en rascar y olfatear la hierba del barranco. A veces dejaba el borde y corría hacia la casa como si estuviera siguiendo rastros invisibles; pero en todos los casos regresaba en pocos minutos. Tenía pocas dudas acerca de lo que seguía. Eran los rastros de las huellas de los cerdos; y el hecho de que cada uno de ellos pareciera traerlo de vuelta al Foso pareció probar que todas las bestias habían regresado al lugar de donde habían venido.

»Al mediodía regresé a casa para comer. Durante la tarde realicé una búsqueda parcial en los jardines acompañado de *Pepper*, pero no pude encontrar nada que indicara la presencia de las criaturas.

»En una ocasión, mientras avanzábamos entre los arbustos, el perro se precipitó dentro de unos matorrales lanzando un feroz gruñido. Ante eso di un salto atrás con repentino temor, preparando el arma para disparar; pero luego me reí cuando reapareció persiguiendo a un desventurado gato. Al anochecer abandoné la búsqueda y volví a la casa. Al pasar cerca de una mata de arbustos a nuestra derecha, *Pepper* desapareció y pude oírle olfatear y gruñir de manera sospechosa. Aparté los arbustos con el cañón de la escopeta y miré. No se podía ver nada, salvo algunas ramas quebradas y dobladas, como si algún animal hubiera hecho su guarida allí en una fecha no muy lejana. Probablemente se trataba de uno de los lugares ocupados por alguno de los cerdos durante la noche del ataque.

»Al día siguiente, reanudé mi búsqueda a través de los jardines, pero sin ningún resultado. Cuando llegó el anochecer los había recorrido de punta a punta y ahora sabía, sin posibilidad de duda, que no había ninguna criatura oculta en el lugar. Desde entonces, a menudo he pensado que mi anterior suposición de que se habían marchado después del ataque era correcta.

# El pozo subterráneo

## XII

»Transcurrió otra semana, durante la cual pasé mucho de mi tiempo en los alrededores del Foso. Unos días antes había llegado a la conclusión de que, el agujero abovedado situado en el ángulo de la gran hendidura era el lugar por donde habían emergido los cerdos, desde algún infernal paraje en las entrañas de la tierra. Cuán cerca estaba de la verdad solamente llegué a saberlo más tarde.

»Se puede entender con facilidad que estuviera tan enormemente curioso, aunque un poco atemorizado, por enterarme a qué lugar espantoso conducía esa abertura; aunque hasta ese momento no se me había ocurrido seriamente la idea de realizar una exploración. Estaba demasiado lleno de terror hacia los cerdos como para pensar en aventurarme voluntariamente donde existiera una posibilidad de toparme con ellos.

»Sin embargo, a medida que pasaba el tiempo, esa sensación disminuyó apreciablemente; de modo que, cuando unos días más tarde pensé que era posible descender y echarle una mirada al agujero, no me sentí tan excesivamente adverso a la idea como podría imaginarse. Sin embargo, aun entonces, no creo que intentara seriamente una aventura tan temeraria. Por todo lo que sabía, penetrar en una abertura de tan lúgubre aspecto podría significar una muerte casi segura. Y aun así, lo pertinaz de la curiosidad humana es tal que al fin mi principal deseo fue descubrir qué había más allá de la tenebrosa entrada.

»A medida que se sucedían los días, mi temor a los cerdos se trocó lentamente en una emoción del pasado. Más que nada, en un recuerdo desagradable e increíble.

»Y así llegó el día en que, desechando pensamientos y fantasías, me procuré una soga y amarrándola fuertemente a un robusto árbol en la cima de la hendidura, a corta distancia del borde del Foso, dejé caer el otro extremo hacia la grieta, hasta que colgó en la boca del sombrío agujero.

»Luego, con cautela y mucha aprensión, no sabiendo si era o no un acto de locura lo que intentaba, descendí lentamente, utilizando la soga como sostén, hasta que alcancé la entrada. Allí me detuve, sosteniendo aún la soga, y miré hacia adentro. Estaba todo muy oscuro y no se oía nada. Sin embargo, un momento más tarde creí percibir un ruido. Contuve la respiración para escuchar, pero todo estaba tan silencioso como una tumba y volví a respirar con más libertad esta vez. En ese mismo instante oí nuevamente el ruido. Parecía provocado por una respiración trabajosa, profunda y aspirada. Quedé petrificado por espacio de un segundo, sin poder moverme. Pero los jadeos habían cesado nuevamente y no pude oír nada más.

»Mientras estaba allí, ansioso, mi pie desprendió un guijarro, que cayó hacia la oscuridad, produciendo un ruido hueco. El ruido se repitió una veintena de veces; haciéndose el eco cada vez más débil y pareciendo que se alejaba de mí hacia una remota distancia. Luego, cuando volvió el silencio, percibí nuevamente esa respiración furtiva. Cada vez que respiraba oía ese jadeo contestándome. Los jadeos parecían acercarse; y entonces escuché otros más débiles y lejanos. No puedo decir por qué no aferré la soga y me alejé del peligro. Era como si estuviese paralizado. Empecé a transpirar de forma copiosa y traté de humedecerme los labios con la lengua. La garganta se me había secado rápidamente y tosí con brusquedad. El jadeo volvió hacia mí, burlón, en una docena de horribles y guturales tonos. Impotente, escudriñé las tinieblas, pero no vi nada. Sentí una extraña sofocación y volví a toser secamente. El eco volvió a recoger la tos, subiendo y bajando de forma grotesca, hasta desvanecerse lentamente y convertirse en un sofocado silencio.

»Entonces tuve una idea y contuve la respiración. El jadeo del otro también se detuvo. Volví a respirar y todo comenzó una vez más. Pero ahora ya no sentía miedo. Sabía que los extraños ruidos no eran producidos por algún cerdo que acechaba; eran simplemente los ecos de mi propia respiración.

»No obstante, después de tal susto me alegré de ascender por la hendidura e izar la soga. Estaba demasiado perturbado y nervioso como para penetrar en ese oscuro orificio y decidí retornar a la casa. Al día siguiente me volví a sentir en pleno dominio de mis facultades, pero aun entonces no pude reunir el suficiente valor como para regresar a explorar el lugar.

»Durante todo este tiempo el agua proveniente de las cascadas había estado llenando lentamente el Foso y el nivel se hallaba ahora debajo de la abertura. A ese ritmo de ascensión llegaría al nivel del suelo en menos de una semana; y me di cuenta de que, a menos que realizara mis investigaciones pronto, no lo haría nunca más, pues el agua continuaría subiendo hasta que la abertura estuviera sumergida.

»Puede que haya sido este pensamiento lo que me impulsó a actuar, pero cualquiera que haya sido la causa, lo cierto es que un par de días más tarde me encontraba en la cima de la hendidura, perfectamente equipado para la tarea.

»Esta vez había resuelto vencer el miedo y seguir hasta el fin. Además de la soga había traído un manojo de velas, que pensaba usar como antorcha, y mi escopeta de dos caños. En el cinturón tenía una pesada pistola de guerra cargada con perdigones.

»Tal como la vez anterior, amarré la soga al árbol. Me colgué la escopeta al hombro con un trozo de cuerda resistente y me dejé caer sobre el borde del Foso. Ante este movimiento, *Pepper*, que había estado mirándome vigilante, se incorporó y corrió hacia mí lanzando un ladrido de advertencia, mitad ronquido y mitad gemido; eso al menos me pareció. Pero estaba resuelto a realizar la empresa y le ordené que se quedara quieto. Me habría gustado mucho llevarlo conmigo, pero era casi imposible en esas circunstancias. Mientras descendía a nivel del borde, me lamió la cara y luego, asiéndome la manga con los dientes, comenzó a tirar hacia atrás con fuerza. Era evidente que no quería que bajara. A pesar de todo, ahora que me había decidido, no tenía ninguna intención de abandonar el intento; y lanzando una abrupta exclamación, le ordené que me soltara. Continué el descenso dejando al pobre animal arriba, ladrando y llorando como si fuera un cachorro abandonado.

»Bajé por las salientes con mucho cuidado, pues un paso en falso significaría un chapuzón.

»Una vez en la entrada, solté la cuerda y descolgué la escopeta del hombro. Después, echando una última mirada al cielo —que se estaba cubriendo con rapidez—, di dos o tres pasos para protegerme del viento y encendí una de las velas. Sosteniéndola sobre mi cabeza y, aferrando la escopeta, comencé a avanzar lentamente, mirando a todos lados.

»Durante un tiempo, seguí escuchando los melancólicos aullidos de *Pepper* que llegaban débilmente hasta mí. A medida que penetraba en la oscuridad, se hicieron cada vez más débiles, hasta que pronto no pude oír nada más. El camino se inclinaba un poco hacia abajo y a la izquierda, hasta que descubrí que me estaba conduciendo exactamente hacia la casa.

»Avancé con mucha cautela, deteniéndome a cada paso para escuchar. Había cubierto tal vez unas cien yardas cuando me pareció oír un débil sonido en algún lugar de la galería detrás de mí. Con el corazón latiendo pesadamente, me detuve a escuchar. El ruido se hizo más claro y parecía aproximarse con rapidez. Ya lo podía oír con claridad. Se trataba de pasos que corrían con suavidad. En el primer momento, el terror me dejó indeciso, sin saber si avanzar o retroceder. Me di cuenta de que lo mejor que podía hacer era retroceder hasta la pared rocosa de mi derecha, y allí, sosteniendo la vela en alto, esperar con el arma en la mano. Maldecía la temeraria curiosidad que me había puesto en tal aprieto.

»No tuve mucho que esperar, pues solo unos pocos segundos después dos ojos reflejaron la luz de la vela en la oscuridad. Levanté el arma, usando solo la mano derecha, y apunté rápidamente. En el momento en que lo hacía, algo surgió, de las tinieblas, con un tempestuoso ladrido de alegría que despertó ecos como un trueno. Era *Pepper*. Cómo se las había arreglado para descender por la hendidura era algo que no pude imaginar. Mientras lo palmeaba nerviosamente, noté que chorreaba agua; y deduje que al tratar de seguirme se había caído al agua, desde donde no le había sido difícil trepar hasta donde yo estaba.

»Esperé un minuto o dos para calmarme y proseguí mi camino con *Pepper* marchando a la zaga calladamente. Es curioso como me sentía contento de tener a mi viejo compañero a mi lado. Me proveía de compañía y, de un modo u otro, teniéndolo detrás de mí sentía menos miedo. También sabía con qué rapidez sus aguzados oídos podrían detectar la presencia de alguna imprevista criatura, si hubiera alguna, en las tinieblas que nos envolvían.

»Durante algunos minutos continuamos avanzando lentamente; el camino seguía conduciendo de forma recta hacia la casa. Deduje que pronto estaríamos exactamente debajo de la misma, si es que aquél se extendía hasta allí. Encabecé la marcha cautelosamente por otras cincuenta yardas, más o menos. Luego me detuve, y alcé la luz; tuve razón suficiente para haberlo hecho así; pues allí, a no menos de tres pasos, el camino desaparecía y en su lugar aparecía un negro vacío que me hizo correr un escalofrío por el cuerpo.

»Me adelanté cautelosamente y escudriñé hacia abajo, pero no pude ver nada. Luego crucé a la izquierda del corredor para ver si existía alguna continuación del camino. Contra la pared descubrí una angosta huella de unos tres pies de ancho que llevaba hacia adelante. Cuidadosamente, di unos pasos en ella; pero no había andado mucho antes que me arrepintiera de haberlo hecho. Ya que, unos pocos pasos después, el corredor, que de por sí era angosto, se convirtió en una mera cornisa, teniendo a un lado la impenetrable y sólida roca elevándose hasta el invisible techo, y por el otro ese insondable abismo. No pude menos que darme cuenta en qué vulnerable posición me encontraba, en el caso de ser atacado allí, sin un lugar adonde moverme; hasta el retroceso del arma podría ser suficiente para arrojarme de cabeza a las profundidades.

»Con gran alivio mío, un poco más adelante la huella se ensanchaba hasta llegar a su dimensión original. Mientras avanzaba, noté que el camino se desviaba firmemente hacia la derecha, y fue así que después de unos minutos descubrí que no estaba caminando hacia adelante, sino que simplemente rodeaba el enorme abismo. Evidentemente había llegado al final del gran corredor.

»Cinco minutos más tarde, estaba en el lugar desde donde había iniciado la exploración; había completado el rodeo de lo que suponía era un vasto pozo, cuya boca debía tener por lo menos unas cien yardas de diámetro.

»Me quedé allí un rato, perdido en mis pensamientos. ¿Qué significa esto?, era el grito que había empezado a repetirse en mi cabeza.

»Tuve una idea repentina y busqué una piedra en los alrededores. Inmediatamente encontré una roca del tamaño aproximado a un pan. Coloqué la vela en una grieta del suelo y, cogiendo impulso, lancé la piedra hacia el abismo… siendo mi intención lanzarla lo más lejos posible para que no golpeara en los costados. Luego, me incliné hacia adelante y escuché; pero aunque me mantuve en perfecto silencio casi un minuto, la oscuridad no me devolvió ningún sonido.

»Entonces comprendí que la profundidad del agujero debía ser inmensa; pues si la piedra hubiese chocado con algo, era lo suficientemente grande como para provocar ecos en ese extraño lugar, causando rumores por un indefinido período de tiempo. Era evidente que la caverna había devuelto el sonido de mis pisadas en forma multitudinaria. El lugar era pavoroso y de buena gana hubiese vuelto sobre mis pasos, dejando sin resolver los misterios de su soledad; solo que hacerlo así significaría admitir mi fracaso.

»Se me ocurrió entonces la idea de echar un vistazo al abismo. Pensé que si colocaba las velas rodeando el agujero, al menos podría vislumbrar la magnitud del lugar.

»Al contarlas descubrí que había traído quince en el fardo, ya que mi primera intención, como ya he dicho, era hacer una especie de antorcha. Procedí a colocarlas alrededor de la boca del pozo a distancias de aproximadamente veinte yardas entre sí.

»Una vez completado el círculo, me paré en el pasillo y me esforcé por obtener una idea del aspecto de lo que me rodeaba. Descubrí inmediatamente que eran totalmente insuficientes para lograr mi propósito. Lo único que hacía era acentuar la oscuridad. Conseguían, sin embargo, confirmar mi opinión del tamaño de la abertura; aunque desde luego no mostraban nada de lo que quería ver. Sin embargo, el contraste que ofrecían con la impenetrable oscuridad me complació de una manera extraña. Quince diminutas estrellas resplandecían en la noche subterránea.

»Mientras observaba, *Pepper* lanzó un repentino aullido que fue recogido por los ecos y repetido con fantasmales variaciones, hasta que lentamente se desvaneció en la lejanía. Realizando un rápido movimiento, levanté la única vela que me quedaba y miré al perro; en ese preciso momento me pareció oír un ruido semejante a una carcajada diabólica surgiendo de las hasta entonces silenciosas profundidades del Foso. Me sobresalté, pero inmediatamente pensé que debían ser los ecos del aullido del perro.

»*Pepper* se había alejado de mí, avanzando por el pasillo unos pocos pasos y husmeando el suelo rocoso; creo haberlo oído tomar agua. Fui hasta él sosteniendo la vela a poca altura. Al moverme sentí que mi bota pisaba algo líquido; la luz se reflejó en algo que brillaba y corría rápidamente bajo mis pies. Me agaché para mirar y no pude contener una exclamación de sorpresa. Una corriente de agua, proveniente de algún lugar más adelante del camino, fluía rápidamente hacia la gran abertura, aumentando de tamaño a cada segundo que pasaba.

»*Pepper* repitió ese prolongado aullido y, corriendo hacia mí, se aferró a mi chaqueta e intentó arrastrarme por el camino hacia la entrada. Con un gesto nervioso me desprendí de él y crucé rápidamente hacia la pared izquierda. Si algo venía iba a tenerlo a mis espaldas.

»Entonces, mientras miraba ansiosamente el camino, la vela iluminó algo que llegaba corredor arriba. En ese mismo momento percibí un rugido lleno de murmullos, que se hizo más fuerte y llenó toda la caverna con un ensordecedor sonido. Desde el Foso se oía un eco profundo y vacío, semejante al sollozo de un gigante. Entonces, habiendo logrado saltar a un costado sobre la angosta cornisa, pude ver que una gran muralla de espuma pasaba detrás de mí y se precipitaba tumultuosamente en el abismo que aguardaba. Una nube de rocío estalló sobre mí, apagando la vela y calándome hasta los huesos. Logré sostener la escopeta. Las tres velas más cercanas se apagaron, pero las más lejanas produjeron solo un parpadeo de corta duración. Después del primer embate, el flujo del agua se aquietó hasta convertirse en una firme corriente de un pie de profundidad; aun cuando esto no lo pude ver hasta que tomé una de las velas encendidas y comencé a hacer un reconocimiento. Por fortuna, *Pepper* me había seguido cuando salté en procura de la cornisa y ahora se mantenía sumisamente pegado a mis talones.

»Un breve examen me indicó que el agua ya había cubierto toda la galería, corriendo a una velocidad tremenda. Mientras miraba se hacía progresivamente más profunda. Solo podía hacer conjeturas sobre lo sucedido. Evidentemente, el agua del barranco se había volcado de algún modo en la galería. Si así fuera, continuaría aumentando de volumen hasta hacerme imposible abandonar el lugar. Era un pensamiento muy atemorizante. Era evidente que debía tratar de salir tan rápido como me fuera posible.

»Tomé la escopeta por la culata y sondeé la profundidad del agua. Estaba casi a la altura de mi rodilla. El ruido que producía precipitándose en el Foso era ensordecedor. Luego llamé a *Pepper* y me introduje en la corriente usando el arma como bastón. Instantáneamente, el agua se arremolinó sobre mis rodillas y me llegó casi hasta la parte superior de los muslos, tal era la velocidad con que corría. Por un instante perdí el pie, pero el solo pensar en lo que me esperaba atrás me estimuló a hacer un gran esfuerzo y poco a poco fui avanzando.

»Al principio no supe nada de *Pepper*, pues todo lo que podía hacer era tratar de mantenerme de pie; pero me alegré sobremanera cuando apareció a mi lado vadeando con valentía la tempestuosa corriente. Era un perro grande, de patas finas y más bien largas, y supongo que el agua corría entre ellas no dificultándole el avance como a mí. De todos modos, se las arreglaba mejor que yo, encabezando la marcha como si fuera un guía, sabiendo quizá que de esa manera ayudaba a quebrar la fuerza del agua. Y así avanzamos, paso a paso, luchando y jadeando hasta que cubrimos seguramente unas cien yardas. Luego, ya sea porque tenía menos cuidado o porque existía un lugar resbaladizo en el suelo rocoso, no puedo saberlo, resbalé y caí de bruces. Instantáneamente el agua me cubrió como una catarata, lanzándome hacia abajo y arrastrándome hacia el insondable agujero a una velocidad espantosa. Luché frenéticamente, pero era imposible levantarme. Estaba impotente y medio ahogado cuando algo me aferró repentinamente de la chaqueta y me detuvo. Era *Pepper*. Al perderme de vista debe haber corrido hacia atrás del oscuro torbellino, hasta encontrarme. Luego me habría agarrado y sostenido hasta que pude incorporarme.

»Tengo el vago recuerdo de haber visto, por un momento, un resplandor de luces; pero nunca he estado lo bastante seguro. Si mis impresiones son correctas, debí ser arrastrado hasta el borde mismo de ese horrendo abismo, antes de que *Pepper* lograra detenerme. Y las luces podrían haber sido, por supuesto, las distantes llamas de las velas que había dejado ardiendo. Pero como ya he dicho, no estoy de ninguna manera seguro, pues mis ojos estaban llenos de agua y me hallaba muy aturdido.

»Y allí me encontraba, sin mi útil escopeta, sin una luz y tristemente confuso, mientras el agua se hacía cada vez más profunda; dependía únicamente de mi viejo amigo *Pepper* para ayudarme a salir de ese lugar infernal.

»Estaba enfrentando al torrente. Naturalmente, era la única manera de poder salvarme, pues con esa terrible presión ni siquiera el viejo *Pepper* podría sostenerme mucho tiempo sin mi ayuda.

»No podía ver nada, y tal vez durante un minuto me encontré en una posición difícil; luego, gradualmente volví a comenzar mi tortuoso ascenso por el corredor. Así comenzó una siniestra lucha con la muerte de la que nunca esperé salir victorioso. Luché lenta pero furiosamente, con impotencia; y el fiel *Pepper* me guió, me arrastró hacia arriba, hasta que por fin pude ver un bendito resplandor de luz. Era la entrada. Avancé unas pocas yardas más y llegué a la abertura, con el agua arremolinándose y borboteando vorazmente alrededor de mis caderas.

»Entonces comprendí la causa de la catástrofe. Estaba lloviendo de forma copiosa, literalmente a torrentes. La superficie del lago estaba al mismo nivel del suelo de la caverna… ¡Mejor dicho! ¡Estaba por encima de él! Evidentemente la lluvia había hecho desbordar el lago y provocado esa crecida prematura; pues al ritmo al que se había estado llenando el barranco no habría alcanzado la entrada hasta un par de días más.

»Afortunadamente, la soga por la que había descendido caía todavía dentro de la abertura, sobre las rugientes aguas. Aferré el extremo y lo até seguramente alrededor del cuerpo de *Pepper*; luego, cobrando el último resto de mis fuerzas, comencé a subir por el costado del risco. Cuando llegué al borde del Foso, ya estaba a punto de caer exhausto. Sin embargo tuve que hacer un esfuerzo más e izar a *Pepper* a lugar seguro.

»Tiré de la cuerda lentamente y con gran esfuerzo. Una o dos veces me pareció que tendría que abandonar el intento, pues *Pepper* es un perro pesado y yo estaba completamente agotado. Sin embargo, soltarlo entonces habría significado una muerte segura para el viejo compañero y ese pensamiento me aguijoneó a realizar mayores esfuerzos. Solo me queda un recuerdo muy borroso del final. Recuerdo haber tirado de la cuerda a través de momentos que parecían no terminar nunca. También recuerdo haber visto el hocico de *Pepper* apareciendo sobre el borde del Foso, después de lo que pareció ser un enorme período de tiempo. Luego todo se hizo repentina oscuridad.

# La trampa
# en el gran sótano

## XIII

»Supongo que me debo haber desmayado, pues mi recuerdo siguiente fue al abrir los ojos: todo era crepúsculo. Yacía sobre la espalda, con una pierna doblada debajo de la otra, y *Pepper* me lamía las orejas. Me sentía terriblemente tieso y la pierna estaba paralizada desde la rodilla hasta el pie. Me quedé allí por unos minutos, luego me senté lentamente y con esfuerzo, mirando a mi alrededor.

»Había dejado de llover, pero los árboles todavía goteaban tristemente. Desde el Foso se oía un continuo murmullo de agua corriente. Sentí frío y comencé a tiritar. Tenía las ropas empapadas y me dolía todo el cuerpo. Muy lentamente, la vida retornó a mi pierna paralizada, y después de un rato traté de ponerme de pie. Lo logré al segundo intento, pero me sentía tambaleante y singularmente débil. Me pareció que iba a volver a desmayarme y me las arreglé para encaminarme a trompicones hacia la casa. Mis pasos eran erráticos y tenía la cabeza confusa. A cada paso que daba sentía agudos dolores que me atravesaban los miembros.

»Había recorrido tal vez una treintena de pasos cuando me llamó la atención el ladrido de *Pepper*, y me volví con dificultad hacia él. El viejo perro estaba tratando de seguirme, pero no podía avanzar debido a que la soga con que lo había izado todavía estaba atada a su cuerpo, mientras que el otro extremo no había sido desatado del árbol. Forcejeé débilmente con los nudos por un instante y no pude hacer nada. Luego recordé el cuchillo que llevaba en la cintura y en un momento la soga estuvo cortada.

»Apenas sé cómo alcancé la casa, menos aún recuerdo lo que pasó en los días que siguieron. De lo único que estoy seguro es de que, de no haber sido por el incansable cariño y los cuidados de mi hermana, ahora no estaría escribiendo esto.

»Cuando recobré mis facultades, descubrí que hacía casi dos semanas que estaba en cama. Sin embargo, pasó otra más antes que tuviera fuerzas suficientes para dirigirme tambaleando a los jardines. Aun entonces no pude caminar hasta el Foso. Me habría gustado preguntarle a mi hermana cuánto había subido el nivel del agua, pero consideré más prudente no mencionar el tema. En verdad, desde entonces me he hecho el propósito de no hablarle nunca de los extraños sucesos que se desarrollan en esta grande y vieja casona.

»No fue hasta después de un par de días más tarde que logré llegar hasta el Foso. Allí descubrí que durante mi ausencia de unas pocas semanas se había producido un maravilloso cambio. En vez del barranco lleno de agua en sus tres cuartas partes, había ahora un gran lago cuya plácida superficie reflejaba la luz con frialdad. El agua había subido hasta una docena de pies del borde del Foso. El lago estaba perturbado solo en el lugar donde, a gran profundidad bajo las silenciosas aguas, se abría la entrada al vasto pozo subterráneo. Allí había un burbujeo continuo y ocasionalmente un curioso gorgoteo subía desde lo hondo. Estos eran los únicos signos que recordaban las cosas que estaban ocultas debajo. Mientras estaba allí, se me ocurrió pensar en lo bien que había salido todo. La entrada del lugar estaba sellada por un poder, que me hacía presentir que ya nada tenía que temer de los cerdos. Y sin embargo, con esa sensación, tuve la seguridad de que ya nunca más descubriría el lugar de donde provenían esas criaturas. Estaba completamente bloqueado y oculto para siempre a la curiosidad humana.

»Es extraño —teniendo en cuenta lo que sabía de ese infernal agujero subterráneo— pensar cuán apropiado había sido darle el nombre de Foso. Uno se pregunta cómo se originó y cuándo. Naturalmente se deduce que la forma y la profundidad del barranco podría sugerir el nombre de Foso. Sin embargo, ¿no es posible que todo ese tiempo haya tenido un significado más profundo, una insinuación —si uno solo hubiera podido adivinarlo— del más grande y estupendo Foso que se halla en la profundidad de la tierra, bajo esta vieja casa? ¡Bajo esta vieja casa! Aún ahora la idea me resulta extraña y terrible. Porque he probado, sin la menor duda, que el Foso se abre exactamente debajo de ella, la cual está evidentemente sostenida en algún lugar del centro del mismo, sobre el tremendo techo arqueado de roca maciza.

»Sucedió que, habiendo tenido ocasión de bajar nueva-mente a los sótanos, tuve la idea de hacer una visita a la gran bóveda donde está situada la puerta-trampa; y ver si todo estaba tal cual lo había dejado.

»Al llegar a ese lugar, caminé lentamente hacia el centro, hasta llegar a la trampa. Allí estaba, con las piedras apila-das encima, exactamente como la había visto la última vez. Había traído una lámpara conmigo y se me ocurrió que era un buen momento para investigar lo que había debajo de esa enorme plancha de roble. Coloqué la lámpara en el suelo e hice rodar las piedras a un costado de la trampa; y, aferrando fuertemente el anillo, la abrí. Cuando lo hice, el sótano se llenó de un hueco fragor que ascendió desde las profundidades. En ese mismo instante, un vaho húmedo azotó mi cara, trayendo consigo una nube de rocío. Dejé caer la puerta, con una sensación de asombro y temor.

»Me quedé intrigado un momento. No era precisamente miedo. El espeluznante temor que tenía a los cerdos ya me había abandonado hacía mucho tiempo; pero ciertamente me sentía nervioso y asombrado. Entonces un repentino pensamiento me hizo levantar excitadamente la pesada puerta. La dejé levantada en un extremo, tomé la lámpara y me arrodillé para introducirla en la abertura. Cuando lo hice, un húmedo viento espumoso me entró en los ojos, que me imposibilitó ver por unos instantes. Cuando mi visión se aclaró, no pude distinguir debajo de mí otra cosa que no fuera oscuridad y remolinos de rocío.

»Al ver que era inútil distinguir algo con la luz a esa altura, busqué un trozo de cuerda con el cual hacerla descender por la abertura. Mientras lo buscaba a tientas, la lámpara resbaló de mis dedos y se precipitó en las tinieblas. La observé caer durante un breve instante y vi su luz brillar sobre un tumulto de blanca espuma, ochenta o cien pies más abajo. Luego desapareció. Si mi repentina conjetura era correcta, ahora conocía la causa de la humedad y el ruido. El gran sótano estaba conectado con el Foso por la gran puerta-trampa, la cual se abría justamente encima del mismo; y esa humedad era el rocío que ascendía del agua al caer en las profundidades.

»En un instante comprendí ciertas cosas que hasta ese momento me habían confundido. Ahora podía entender por qué los ruidos en la primera noche de la invasión parecían surgir directamente debajo de mis pies. Y la carcajada que había oído cuando abrí la puerta por vez primera. Es evidente que uno de los cerdos debía haber estado exactamente debajo de mí.

»Me asaltó otro pensamiento: ¿se habrían ahogado todas las criaturas?, ¿podrían ellas ahogarse? Recordé entonces que había sido incapaz de encontrar señales que demostraran que mis disparos habían sido realmente mortales. ¿Poseían ellos vida como la entendemos nosotros o quizás eran solo gules?[7] Estos pensamientos se sucedieron rápidamente, mientras estaba de pie en la oscuridad, registrando mis bolsillos en

---

7 Gul: del inglés «ghoul». Los «ghouls», seres originarios de las mitologías orientales, son entidades demoníacas que devoran cadáveres. Blasco Ibáñez, en su versión de Las Mil y Una Noches, tradujo este término como «gul». Hemos preferido dejar esta denominación, por considerarla más correcta que «vampiro» con la que frecuentemente se traduce esa palabra. [T.]

busca de cerillas. Ya tenía una en la mano y, encendiéndola, me acerqué a la trampa y la cerré. Luego volví a apilar las piedras sobre ella y me encaminé hacia afuera de los sótanos.

»Y de este modo, supongo que el agua continúa su atronadora marcha hacia ese insondable pozo infernal. A veces, siento un inexplicable deseo de descender al gran sótano y contemplar esas impenetrables tinieblas impregnadas de rocío. En algunos momentos el deseo se hace abrumador por su intensidad. No es solo curiosidad lo que me incita, sino más bien es como si una influencia inexplicable estuviera actuando sobre mí. Sin embargo, nunca he vuelto, y me he determinado a combatir ese deseo y a aplastarlo, de la misma manera que lo haría con el infernal pensamiento de la autodestrucción.

»Esta idea de una fuerza intangible actuando puede parecer sin razón valedera. Sin embargo, mi instinto me advierte que no es así. En estas cosas me parece que la razón es menos de fiar que el instinto.

»Hay un pensamiento que al cerrar esto deja una huella profunda y siempre creciente en mi ser. Y es que vivo en una casa muy extraña, una casa muy pavorosa. He empezado a preguntarme si actúo con prudencia al quedarme en ella. Sin embargo, si me fuera, ¿dónde podría ir y tener al mismo tiempo la soledad llena de su presencia[8] que hace soportable mis días?

---

8 Una interpolación sin significado aparente. No he podido encontrar referencias previas en el Manuscrito. Sin embargo, es hace más clara a la luz de los incidentes futuros. [Ed.]

# El Mar de los Sueños

## XIV

»Durante un considerable período después del último incidente narrado en mi diario, pensé seriamente en abandonar esa casa; y así lo hubiera hecho, si no hubiera sido por el grandioso y maravilloso acontecimiento que estoy a punto de relatar.

»¡Qué acertado estuve al quedarme aquí!… a pesar de esas visiones y espectáculos desconocidos e inexplicables, si no me hubiese quedado no habría vuelto a ver el rostro de aquella a quien amaba. Sí, aunque nadie lo sabe, excepto mi hermana Mary, he amado, y ¡ay de mí!... perdidamente.

»Quisiera escribir el relato de esos antiguos y dulces días, pero sería como ahondar viejas heridas; sin embargo, después de lo sucedido, ¿qué necesidad tengo de preocuparme? Ella ha vuelto a mí desde lo desconocido. Extrañamente, me lo advirtió; me advirtió de forma apasionada contra esta casa. Me suplicó que la dejara; pero admitió, cuando la interrogué, que no habría venido en mi búsqueda si yo hubiera estado en otro lugar. Sin embargo, a pesar de eso, insistió en advertirme seriamente; dijo que éste era un lugar que desde hace ya mucho tiempo atrás había sido cedido a la maldad, y sometido a siniestras leyes, sobre las que ninguno de nosotros guarda conocimiento. Y yo... yo simplemente le pregunté si ella vendría a buscarme en otra parte, y solo pudo permanecer en silencio.

»Fue así cómo llegué al Mar de los Sueños, como ella lo denominaba con sus adorados labios. Me había quedado levantado, leyendo en mi estudio; y debí de haberme quedado dormido sobre el libro, cuando me desperté, incorporándome sobresaltado. Miré a mi alrededor con la confusa sensación de que sucedía algo extraño. La habitación estaba llena de una curiosa bruma que daba una extraña suavidad a cada mesa, a cada silla y a cada pieza del mobiliario.

»Como surgiendo de la nada, la bruma aumentó gradualmente. Luego, lentamente, una luz blanca empezó a brillar con suavidad dentro de la habitación. Las llamas de las velas brillaban con palidez a través de ella. Miré de un lado a otro y descubrí que todavía podía distinguir los muebles, pero de una manera extrañamente irreal; era como si el fantasma de cada mesa y de cada silla hubiesen ocupado el lugar del mueble real.

»Frente a mi mirada, fueron desvaneciéndose de forma gradual, hasta que desaparecieron en la nada. En ese momento volví a mirar las velas. Producían un brillo débil, y mientras las contemplaba se hicieron poco a poco más irreales y desaparecieron. La habitación se hallaba como en un crepúsculo blanco, suave pero luminoso, semejante a una brumosa luz. No podía ver nada. Incluso las paredes se habían desvanecido.

»Inmediatamente comencé a percibir un ruido débil y continuo, que atravesaba en forma pulsante el silencio que me envolvía. Presté más atención y se hizo más lejano, hasta que me pareció oír la múltiple respiración de un mar inmenso. No puedo decir cuánto tiempo transcurrió, pero después de un momento me pareció que podía ver a través de la bruma; y lentamente me percaté que estaba de pie en la orilla de un vasto y silencioso océano. La costa era tranquila y grande, desvaneciéndose a derecha e izquierda en lejanas distancias. Delante de mí se hallaba la tranquila inmensidad de un océano somnoliento. A veces me parecía que podía vislumbrar un tenue resplandor de luz bajo su superficie; pero de esto no puedo estar seguro. A mis espaldas se elevaban negros y adustos acantilados hasta una altura extraordinaria. Sobre mi cabeza, el cielo presentaba un color gris, uniforme y frío. El lugar estaba totalmente iluminado por un asombroso globo de pálido fuego, que flotaba a poca distancia sobre el lejano horizonte, emitiendo una luz como de espuma sobre las tranquilas aguas.

»Más allá del suave murmullo del mar, prevalecía una intensa quietud. Por un largo tiempo me quedé allí, contemplando su aspecto exótico. Entonces, mientras miraba atentamente, me pareció que una burbuja de espuma blanca surgía flotando de las blancas profundidades, y luego, aun ahora no sé cómo, me encontré contemplando, más aún, mirando dentro del rostro de Ella… ¡Sí!, dentro de su rostro, dentro de su alma; y Ella me devolvía la mirada con tal mezcla de alegría y tristeza que corrí enceguecido en su búsqueda, gritándole de un modo raro —inmerso en una verdadera agonía de recuerdos de temor y esperanza— que viniese a mí. Sin embargo, a pesar de mi clamor, ella se quedó sobre el mar, sacudiendo la cabeza con un negativo gesto de dolor; pero en sus ojos podía ver la antigua luz terrenal de la ternura, que yo había conocido antes de todas las cosas, antes de que nos separáramos.

»Su terquedad me desesperó y traté de internarme en el mar para alcanzarla; sin embargo, aunque quería, no podía hacerlo. Algo, alguna barrera invisible me retenía. Tuve que resignarme a quedarme donde estaba y a reclamarle con la totalidad de mi alma, "Oh, Querida mía, querida mía", pero la misma intensidad de mis sentimientos me impidió agregar nada más. Al ver esto, ella se acercó rápidamente y me tocó con sus manos, y fue como si el cielo hubiese abierto sus puertas para mí. Sin embargo, cuando extendí las manos hacia ella, me alejó tierna, pero severamente, y me sentí confundido...

## LOS FRAGMENTOS
*(las partes legibles de las hojas mutiladas)*[9]

»... a través de las lágrimas... fragor de eternidad en mis oídos, nos separamos... Aquella a quien amo. ¡Oh, Dios mío!...

---

9  En este lugar, la escritura se hace indescifrable debido a la precaria condición de esta parte del Manuscrito. Incluyo abajo los fragmentos que todavía son legibles. [Ed.]

»Estuve aturdido durante mucho tiempo, luego me encontré solo en la oscuridad de la noche. Supe entonces que había viajado de regreso, una vez más, al universo conocido. Inmediatamente emergí de esa enorme tiniebla. Había surgido entre las estrellas... una enorme porción de tiempo... el sol, lejano y remoto.

»Penetré en el abismo que separa nuestro sistema de los soles exteriores. Mientras viajaba rápidamente cruzando la oscuridad que dividía el cosmos, contemplaba de forma constante el siempre creciente tamaño y brillo de nuestro sol. En una ocasión miré hacia atrás, hacia las estrellas, y las vi moverse, como si me siguieran contra el poderoso trasfondo de la noche, tan rápida era la velocidad de mi espíritu trashumante.

»Me acerqué más a nuestro sistema y ya pude ver el brillo de Júpiter. Más tarde pude distinguir el frío resplandor azul de la Tierra... Tuve un momento de aturdimiento. El sol parecía estar rodeado por objetos brillantes que se desplazaban en veloces órbitas. Cerca de la gloria salvaje del sol, giraban dos rápidos puntos de luz, y un poco más lejos, flotaba una mancha de brillante azul que sabía era la Tierra. Giraba alrededor del astro en un espacio de tiempo no mayor de un minuto terrestre.

»... más cerca a gran velocidad. Pude ver el resplandor de Júpiter y de Saturno, girando en órbitas enormes con increíble rapidez. Me aproximaba cada vez más, contemplando ese extraño espectáculo... los círculos visibles de los planetas girando alrededor del sol materno. Era como si el tiempo hubiese sido aniquilado, de modo que un año era para mi espíritu descarnado no más de un instante para un alma encadenada a la Tierra.

»La velocidad de los planetas pareció aumentar; e, inmediatamente estuve contemplando al sol, rodeado de círculos semejantes a cabellos de fuego de diferentes colores. Eran las órbitas de los planetas girando a velocidad vertiginosa alrededor de la llama central...

»... el sol se hacía enorme, como si saltara a mi encuentro... Y ahora ya estaba dentro de las órbitas de los planetas exteriores y desplazándome rápidamente hacia el lugar donde la Tierra, brillando a través del esplendor azul de su órbita, como si fuera una flamígera bruma rodeara al sol girando a una velocidad monstruosa...[10]

---

10 El examen más severo no ha permitido descifrar más de la porción dañada del Manuscrito. Éste vuelve a ser legible con el capítulo intitulado «El ruido en la noche». [Ed.]

# El ruido en la noche

## XV

»Y entonces ocurrió el más extraño de todos los acontecimientos que me han acaecido en esta casa de misterios.
Sucedió recientemente, en este mismo mes; y tengo pocas
dudas de que lo que vi sea realmente el fin de todas las cosas.
Pero vayamos a mi relato.

»No sé por qué, pero hasta el presente nunca he podido
poner estas cosas por escrito apenas sucedían. Es como si
tuviera que esperar un tiempo para recobrar mi justo equi-
librio y digerir —por así decirlo— las cosas que he visto u
oído. No hay duda de que debe ser así; pues esperando veo
los incidentes con más fidelidad, y escribo sobre ellos con
una disposición mental más tranquila y más sensata.

»Ahora estamos a fines de noviembre. Mi historia refiere
lo que sucedió en la primera semana del mes.

»Eran aproximadamente las once de la noche. *Pepper* y
yo nos hacíamos mutua compañía en el estudio, esa grande
y antigua habitación donde leía y trabajaba. Estaba leyendo,
por raro que parezca, la Biblia. En estos últimos días he

empezado a desarrollar un creciente interés por ese grande y antiguo libro. De repente, un temblor inconfundible sacudió la casa, y se oyó un débil y distante zumbido que crecía rápidamente, hasta convertirse en un chillido lejano y apagado. Me hizo recordar, de una manera extraña e impresionante, el ruido que produce el reloj cuando se suelta el escape y se le zafa la cuerda. El sonido parecía provenir de una remota altura, en algún lugar de la noche. La sacudida no se volvió a repetir y, cuando miré a *Pepper*, vi que dormía pacíficamente.

»El zumbido disminuyó de forma gradual hasta llegar a un largo silencio.

»Repentinamente, un resplandor iluminó la ventana del extremo que da sobre el costado de la casa, de modo que permite mirar tanto hacia el este como hacia el oeste. Me sentí atónito y, después de vacilar un instante, atravesé la habitación y descorrí el visillo. Cuando lo hice vi salir el sol tras el horizonte. Se elevó con un movimiento constante y perceptible. Podía verlo en su viaje hacia lo alto. En instantes pareció como si hubiera alcanzado la copa de los árboles, a través de los cuales lo había observado. Trepó más y más, ya era pleno día. A mis espaldas noté un agudo zumbido parecido al de un mosquito. Miré a mi alrededor y me di cuenta de que procedía del reloj. Cuando lo miré marcó una hora. El minutero se movía alrededor del cuadrante más velozmente que un segundero común. La aguja de las horas se desplazaba con rapidez de espacio en espacio. Quedé mudo de asombro. Un momento más tarde, así me pareció, se apagaron las dos velas casi simultáneamente. Me volví con rapidez a la ventana, pues había visto la sombra de los marcos viajando a lo largo del suelo en mi dirección, como si una gran lámpara hubiese pasado por delante.

»Vi que el sol había ascendido en el firmamento y aún se movía visiblemente. Pasó por encima de la casa, con un extraordinario movimiento de navegación. Cuando la ventana entró en el cono de sombra vi otra cosa increíble. Las nubes de buen tiempo no atravesaban lentamente el cielo, sino que pasaban corriendo como si soplara un viento de cientos de millas por hora. Pasaban cambiando de forma mil veces por minuto, como si estuvieran poseídas de vida; y de esta manera desaparecían. Inmediatamente llegaban otras, que se desvanecían del mismo modo.

»Vi caer al sol hacia el oeste, efectuando un increíble movimiento, suave y rápido. Hacia el oeste, las sombras se arrastraban hacia la inminente oscuridad. El movimiento de las sombras era visible, un movimiento furtivo, como de árboles contorsionados y agitados por el viento. Era un espectáculo dantesco.

»La habitación empezó a oscurecerse con rapidez. El sol se deslizó hacia el horizonte y desapareció de mi vista abruptamente. A través del gris del rápido anochecer, vi surgir el creciente plateado de la luna, precipitándose desde el cielo sur hacia el oeste. El anochecer pareció convertirse casi instantáneamente en noche. Sobre mi cabeza, las constelaciones cruzaron hacia occidente con un extraño e "insonoro" movimiento circular. La luna se sumergió en los últimos miles de brazas del abismo de la noche y solo fueron visibles las estrellas...

»En ese momento, cesó el zumbido del rincón, anunciándome que se había acabado la cuerda del reloj. Pasaron unos minutos y vi que se aclaraba el cielo oriental. Una mañana triste y gris se esparció a través de la oscuridad y ocultó la marcha de las estrellas. Éstas se desplazaban en un cielo vasto e ilimitado, con el movimiento permanente y pesado de las nubes. Era un cielo que habría parecido inmóvil, durante todo un día terrestre común. El sol estaba oculto; pero por momentos el mundo se iluminaba y se oscurecía, se iluminaba y se oscurecía bajo el oleaje de sutiles luces y sombras...

»La luz corría siempre hacia el oeste y la noche cayó sobre la tierra. Pareció caer una lluvia torrencial y un viento de una extraordinaria fuerza, como si fuera el aullido de un huracán nocturno, se comprimió en el escaso espacio de un minuto.

»El ruido cesó casi inmediatamente y las nubes se dispersaron; de modo que pude ver el cielo una vez más. Las estrellas huían hacia occidente con asombrosa velocidad. Me di cuenta, por primera vez, de que aunque el ruido del viento había pasado, todavía quedaba en mis oídos un constante e impreciso fragor. Ahora, al notarlo, comprendí que había estado todo el tiempo conmigo. Era el ruido del mundo.

»Mientras trataba de entender, apareció la luz en oriente. Apenas unos pocos latidos del corazón y el sol salió rápidamente. Lo vi a través de los árboles y enseguida estuvo sobre ellos. Ascendía cada vez más arriba y todo el mundo estaba inundado de luz. Pasaba con una oscilación rápida y constante hacia su máxima altura, poniéndose después. Hacia el oeste veía pasar visiblemente el día sobre mi cabeza. Unas pocas nubes corrían hacia el norte y desaparecían. El sol descendió con un movimiento rápido y bien definido, y por un momento me rodeó el creciente y oscuro gris del crepúsculo.

»La luna se hundía rápidamente en dirección al sur y al oeste. Ya había llegado la noche. Pareció transcurrir un minuto, y la luna se desplomó en los restantes tramos de cielo oscuro. Pasó otro minuto y el cielo oriental resplandeció con la inminente aurora. El sol pareció saltar sobre mí con una brusquedad aterradora y ascender cada vez más rápidamente hacia el cenit. Entonces surgió algo nuevo ante mi vista. Apareció del sur una negra nube de tormenta, que pareció cubrir de un salto instantáneo todo el arco del cielo. Mientras llegaba, vi que su borde delantero ondeaba en el firmamento como un monstruoso paño negro, girando y ondulando rápidamente de un modo repugnante. En un instante el aire se llenó de lluvia y un centenar de relámpagos parecieron descargar torrentes de agua, como si fuera un gran y único diluvio. En ese mismo segundo, el ruido del mundo fue apagado por el rugido del viento y sentí un agudo dolor en los oídos, producto del ensordecedor impacto del trueno.

»En medio de esa tormenta llegó la noche, y en el espacio de otro minuto la tormenta pasó y solo quedó el constante ruido indefinido del mundo en mis oídos. Sobre mi cabeza las estrellas se deslizaban rápidamente hacia el oeste, y algo, tal vez la velocidad singular que habían logrado, me hicieron dar cuenta de que era el mundo el que giraba. Repentinamente el mundo me pareció una masa enorme y oscura que giraba contra las estrellas.

»El amanecer y el sol perecieron juntarse, tan grande había llegado a ser la velocidad de rotación del mundo. El sol se elevó describiendo una larga y constante curva; pasó por su cenit y se deslizó bajando por el cielo occidental hasta desaparecer. Tan breve fue el anochecer que apenas tuve conciencia de su paso. Me hallaba observando las constelaciones en fuga y la luna en su apresurada marcha hacia el oeste. En solo cosa de segundos, la luna —así parecía— se deslizó raudamente, hundiéndose en el cielo azul de la noche, y luego desapareció. Casi de inmediato llegó la mañana.

»Ahora me parecía que se producía una extraña aceleración. El sol realizó un límpido y nítido barrido a través del cielo y desapareció tras el horizonte del oeste. La noche vino y se fue con la misma premura.

»Cuando el día siguiente se abrió y cerró sobre el mundo, noté que una especie de sudario de nieve caía repentinamente sobre la Tierra. Llegó la noche y casi inmediatamente el día. En el breve salto del sol, vi que la nieve se había desvanecido; luego llegó la noche, una vez más.

»De esta manera sucedían las cosas; y aun después de los muchos acontecimientos increíbles que había visto, todavía experimentaba un profundo asombro. Ver al sol salir y ponerse en un lapso que puede ser medido en segundos; observar (después de un corto tiempo) a la luna dar un salto —una esfera pálida y creciente— en el cielo nocturno y deslizarse con una extraña rapidez a través del vasto arco del firmamento; y ver al sol seguirla inmediatamente, surgiendo del cielo oriental como si estuviera persiguiéndola; y luego la noche de nuevo, con el veloz y fantasmal pasaje de las constelaciones, era demasiado para ver y no dudar de ello. Sin embargo, así era. El día pasaba del amanecer al crepúsculo, y la noche corría rápidamente a convertirse en día, con cada vez más creciente apresuramiento.

»Los últimos tres pasajes del sol me habían mostrado una Tierra cubierta de nieve que, por la noche, por unos pocos segundos, se veía horripilante bajo la cambiante luz de la luna que se elevaba y desaparecía. Ahora, sin embargo, por un pequeño período quedó oculto por un mar de ondulantes nubes de un blanco plomizo, que alternadamente se aclaraban y se ennegrecían con el paso del día y la noche.

»Las nubes se desgarraron y desaparecieron, y una vez más surgió ante mí la visión del sol en sus prodigiosos saltos, y las noches que venían y se iban semejantes a sombras.

»El mundo giraba cada vez más rápido. Ahora cada día y cada noche se completaban en el espacio de unos pocos segundos; y la velocidad aumentaba constantemente.

»Un poco más tarde noté que el sol había comenzado a tener un rastro flamígero. Se debía evidentemente a la velocidad con la que en apariencia atravesaba los cielos. A medida que los días pasaban veloces, uno más rápido que otro, comenzó a asumir la apariencia de un enorme y llameante cometa[11] que cruzaba el cielo en periódicos intervalos. De noche la luna presentaba, con mayor similitud, un aspecto de cometa; una pálida silueta ígnea singularmente nítida, que atravesaba el espacio con sus heladas llamas. Las estrellas se veían ahora como simples y delgados hilos de fuego blanco tejidos sobre las tinieblas.

---

11 El Recluso utiliza esto como una ilustración, con el concepto popular que tiene la gente de un cometa. [Ed.]

»De pronto, me alejé de la ventana y busqué a *Pepper*. Al resplandor de un día vi que dormía pacíficamente, y retorné nuevamente a mi atenta observación.

»Ahora el sol irrumpía violentamente en el horizonte oriental como un estupendo cohete que parecía tardar poco más de uno o dos segundos en lanzarse desde el este al oeste. Ya no podía percibir el paso de las nubes a través del cielo, que parecía haberse oscurecido un poco. Las breves noches parecían haber perdido su oscuridad propia, tanto que apenas veía borrosamente el fuego filamentoso de las estrellas en fuga. Mientras la velocidad aumentaba, el sol comenzaba a balancearse en el cielo muy lentamente, de sur a norte, y luego, también muy despaciosamente, de norte a sur.

»Y así, de este modo, las horas pasaron en medio de una extraña confusión mental.

»*Pepper* había dormido durante todo ese tiempo, y ahora, sintiéndome solitario y turbado lo llamé nuevamente, pero no me hizo caso. Volví a llamarlo alzando levemente la voz, pero aun entonces no se movió. Caminé hacia donde estaba acostado y lo toqué con el pie para despertarlo. Ante esa acción tan suave se hizo pedazos. Eso fue lo que sucedió; literal y verdaderamente se desmenuzó hasta convertirse en una pila de huesos y de polvo.

»Tal vez durante un minuto, miré fijamente ese montón informe que alguna vez había sido *Pepper*. Me sentí aturdido. ¿Qué habría sucedido?, me pregunté, sin comprender enseguida el siniestro significado de ese pequeño montoncito de cenizas. Mientras removía el montículo con el pie se me ocurrió que esto solo podría suceder en muchísimo tiempo. Años... y años.

»Afuera, una abatida luz dominaba el mundo. Adentro estaba yo, tratando de comprender el sentido de todo. El significado de ese pequeño montón de polvo y huesos secos sobre la alfombra. Pero me era imposible pensar con coherencia.

»Alejé mi vista de esa pila de polvo y eché un vistazo alrededor de la habitación, y entonces, por primera vez, noté qué polvoriento y antiguo se veía el lugar. Había polvo y suciedad por todas partes, apilados en los rincones en pequeños montículos y esparcidos sobre los muebles. La alfombra casi no se podía ver bajo la capa que lo cubría todo. Al caminar, pequeñas nubes de polvo se levantaban bajo mis pies y penetraba en mis fosas nasales un olor seco y amargo que me hacía jadear roncamente.

»Repentinamente, al volver a posar mi mirada en los restos de *Pepper* me quedé inmóvil y confuso, preguntándome en voz alta si realmente los años estaban pasando; si esto, que yo había asumido como una especie de sueño, era en verdad una realidad. Hice una pausa, y una nueva idea me asaltó. Rápidamente, pero con pasos que por primera vez noté tambaleantes, atravesé la habitación hasta el gran espejo del cuarto y me contemplé. Estaba demasiado cubierto de suciedad como para reflejar algo y con manos temblorosas comencé a sacar la tierra para limpiarlo. Luego pude ver mi imagen. Mis sospechas se veían confirmadas por la realidad. En lugar del hombre corpulento y sano que representaba apenas cincuenta años, estaba en cambio mirando a un hombre encorvado y decrépito, de hombros caídos y rostro surcado por las arrugas de un siglo. Los cabellos —que unas pocas horas antes habían sido negros como el carbón— eran ahora de un blanco plateado. Solo los ojos permanecían brillantes. Poco a poco pude rastrear en este hombre viejo un débil parecido con mi propio aspecto de otros días.

»Me alejé de allí y caminé con paso tambaleante hasta la ventana. Ahora sabía que era un viejo, y ese conocimiento parecía confirmar mi vacilante forma de caminar. Por un momento miré el espectáculo borroso del siempre cambiante paisaje. En ese instante transcurrió un año y con disgusto dejé la ventana. Mientras lo hacia, noté que mi mano temblaba con la parálisis de la vejez; y un sofocado sollozo brotó de mi boca.

»Durante un rato me paseé tembloroso entre la ventana y la mesa; mientras mi mirada vagaba de aquí para allá con inquietud. Qué ruinosa estaba la habitación. Por donde miraba veía el espeso y negro polvo. El guardafuego de la chimenea estaba completamente herrumbrado. Las cadenas que sostenían las pesas de bronce del reloj hacía ya mucho tiempo que se habían oxidado, y ahora las pesas en la base estaban convertidas en dos conos mohosos. Mientras miraba a mi alrededor me parecía ver los muebles de la habitación pudriéndose y desmoronándose ante mis propios ojos. No podía afirmar que era una ilusión de mis sentidos, pues de repente, la estantería de libros que se hallaba a lo largo de la pared lateral se desplomó con un estrépito de madera podrida; precipitando su contenido al suelo y llenando la habitación con una nube de sofocantes partículas de polvo.

»Qué cansado me sentía. A cada paso escuchaba rechinar y crujir mis secas articulaciones. Me preguntaba qué habría pasado con mi hermana. ¿Habría muerto, como *Pepper*? Había sido todo tan repentino. ¡Debía ser en verdad el principio del fin de todas las cosas! Pensé en ir a buscarla, pero me sentía demasiado fatigado para hacerlo. Ella había actuado últimamente en forma tan extraña con respecto a lo acontecido. ¡Últimamente! Al repetir las palabras me reí débilmente y sin alegría, cuando me di cuenta de que estaba hablando de una época ya pasada hacía medio siglo. ¡Medio siglo! Podría haber sido el doble.

»Me acerqué lentamente a la ventana y volví a mirar el mundo. Puedo describir el paso del día y de la noche con mayor precisión en ese período, como una especie de gigantesco e impresionante parpadeo. Momento a momento aumentaba la aceleración del tiempo, de modo tal que ahora veía la luna por las noches como una estela de oscilante y pálido fuego, que variaba desde una simple línea de luz, hasta una luminosa trayectoria, y luego disminuía de nuevo para desaparecer periódicamente.

»El parpadeo de los días y las noches se aceleró. Los días se hicieron perceptiblemente más oscuros y la atmósfera pareció estar poseída de una rara calidad crepuscular. Las noches eran tan claras que apenas se veían las estrellas, salvo alguna ocasional línea de fuego filamentoso que parecía balancearse junto a la luna.

»El parpadeo del día y de la noche se hizo cada vez más rápido; y de repente noté que se había extinguido, y que en el lugar se derramaba sobre el mundo una luz comparativamente más firme, que oscilaba poderosa y estupendamente de arriba abajo, al norte y al sur, como un torrente de fuego eterno. El cielo se había hecho mucho más oscuro y había en su azul una pesada melancolía, como si una vasta tiniebla escudriñara a través de él lo que pasaba en la tierra. Sin embargo. había también en él un extraño y pavoroso vacío. Periódicamente vislumbraba un fantasmal rastro de fuego que oscilaba, tenue y oscuro, hacia el torrente solar; se desvanecía y volvía a reaparecer. Se trataba del ya escasamente visible torrente lunar.

»Mirando el paisaje, fui consciente de que parecía haber una especie de movimiento rápido y borroso, proveniente ya fuera de la luz del torrente solar con su poderoso balanceo, o bien de los cambios increíblemente rápidos de la superficie terrestre. A cada segundo parecía que la nieve se descargaba sobre el mundo siempre con la misma brusquedad, como si un gigante invisible depositara y levantara un manto blanco sobre la tierra.

»El tiempo huía y mi cansancio se hacía insoportable. Me alejé de la ventana y volví a atravesar la habitación; el ruido de mis pisadas era apagado por un espeso polvo. Cada paso que daba me producía un esfuerzo mayor que el anterior. Un dolor penetrante e intolerable me traspasaba cada articulación, mientras me arrastraba con cansada incertidumbre.

»Al llegar a la pared opuesta, hice una corta pausa y me pregunté confusamente hacia dónde me dirigía. Al mirar a la izquierda, vi mi viejo sillón, y el deseo de sentarme en él me produjo una débil sensación reconfortante dentro de mi abatimiento general. Sin embargo, estaba tan viejo, tan cansado y desmoralizado que apenas podía fortalecer a mi ánimo, pues aún me veía obligado a recorrer las pocas yardas que me separaban de éste. Me sentía mecer sobre el suelo. El suelo parecía un buen lugar de descanso, pero el polvo era tan espeso y negro que me volví y con un gran esfuerzo de voluntad me encaminé al sillón. Al alcanzarlo, me desplomé en él con un gemido de agradecimiento.

»A mi alrededor todo parecía estar poniéndose borroso. Todo era tan extraño y misterioso. La noche anterior era un hombre mayor, pero comparativamente fuerte; ¡y ahora solo unas pocas horas más tarde...! Eché una mirada al pequeño montículo de polvo que alguna vez había sido *Pepper*. ¡Horas!, y me reí con una risa débil y amarga, una risa chillona y cascada que produjo una conmoción a mis sentidos.

»Debo haber dormitado un rato, luego abrí los ojos con sobresalto. En algún lugar del otro extremo de la habitación se había producido el ruido apagado de algo que caía. Vi una vaga nube de polvo flotar sobre una pila de escombros. Cerca de la puerta, otra cosa se desplomó estrepitosamente. Era uno de los armarios; pero estaba muy cansado y le presté poca atención. Cerré los ojos, y me quedé sentado allí, en un estado de amodorrada semiinconciencia. Una o dos veces —como si llegaran atravesando espesas tinieblas— oí débiles ruidos. Luego debo haberme quedado dormido.

# El despertar

## XVI

»Desperté con un sobresalto. Durante un instante me pregunté dónde estaba. Luego, retornó la memoria...

»La habitación todavía se hallaba iluminada por esa extraña luz, mitad sol, mitad luna. Me sentí reanimado y noté que el dolor producido por el cansancio y la fatiga se había ido. Lentamente me encaminé a la ventana y miré hacia afuera. Sobre mi cabeza, el río de llamas subía y bajaba, de norte a sur, en un danzante semicírculo de fuego. Parecía como si el poderoso peine del telar del tiempo —una repentina fantasía mía— estuviera batiendo lo mejor de los años. Pues tan enormemente se había acelerado el paso del tiempo que ya no existía ningún rastro del sol trasladándose de este a oeste. El único movimiento aparente era la ronda del torrente solar de norte a sur, que se había hecho tan rápida que se la podría describir como un *estremecimiento*.

»Mientras miraba, volvió a mí el recuerdo inconsecuente de aquel último viaje a los mundos Exteriores.[12] Recordé la repentina visión al acercarme a nuestro sistema de los planetas girando rápidamente alrededor del sol. Era como si la cualidad gobernante del tiempo hubiese estado en suspenso y a la Maquinaria del Universo se le hubiese permitido acabar con la cuerda de la eternidad, en pocos instantes u horas. Al recordar, me di cuenta parcialmente de que se me había permitido vislumbrar remotos espacios temporales, Volví a mirar el tembloroso torrente solar; su velocidad parecía aumentar. Mientras estaba allí observando, transcurrieron varios períodos de existencia.

»De repente, con una especie de grotesca seriedad, me asombró el saber que aún estaba vivo. Pensé en *Pepper* y me pregunté por qué yo no había corrido su suerte. Él había llegado a su límite y había muerto probablemente por simple acumulación de años. Y allí estaba yo, aún vivo, cientos de miles de siglos más allá de mi legítimo período de vida.

»Medité el asunto durante un tiempo. "Ayer"... Me detuve repentinamente. ¡Ayer! El ayer del cual hablaba había sido tragado por el abismo de los años y los siglos transcurridos. Me sentí aturdido de tanto pensar.

»Luego me alejé de la ventana y miré alrededor del cuarto. Se veía completamente extraño y diferente. Supe entonces qué era lo que lo hacía parecer tan raro. Estaba desnudo. No había un solo mueble en la habitación. Ni siquiera algún so-

---

12 Evidentemente, se refiere a algo expresado en las páginas perdidas y mutiladas. Véase Fragmentos, pág. 126. (Ed.)

litario trasto. Gradualmente desapareció el asombro, cuando recordé que éste era tan solo el inevitable fin del proceso de decadencia que había visto comenzar antes de mi sueño. ¡Miles de años! ¡Millones de años!

»Una profunda capa de polvo se extendía sobre el suelo, llegando a cubrir el asiento junto a la ventana. Había crecido inconmensurablemente mientras dormía; y representaba el polvo de incontables períodos. Indudablemente, las partículas de los viejos y derruidos muebles habían ayudado a aumentar su grosor, y en algún lugar en medio de todo se encontraban los restos de *Pepper*, muerto hacía ya mucho tiempo.

»De repente, me di cuenta de que no recordaba haber vadeado el polvo de la habitación cuando me desperté. En verdad, un increíble número de años habían pasado desde que me aproximé a la ventana, pero evidentemente no significaban nada comparados con los incontables períodos que imaginaba se habían desvanecido mientras dormía. Ahora recordaba haberme quedado dormido sentado en mi viejo sillón. ¿Habría desaparecido éste también...? Miré hacia donde siempre había estado. Por supuesto, no se lo veía por ningún lado. No pude satisfacer mi curiosidad respecto a si había desaparecido antes o después de mi despertar. Si se había desintegrado debajo de mí, seguramente me habría despertado el ruido producido al desmoronarse. Entonces recordé que el espeso polvo que cubría el suelo habría sido suficiente para atenuar la caída; de modo que era bastante posible que hubiese dormido sobre el polvo durante más o menos un millón de años.

»Mientras estos pensamientos vagaban por mi mente, volví a mirar casualmente hacia donde había estado el sillón. Entonces noté por primera vez que no había huellas de mis pisadas en el polvo, entre éste y la ventana. Pero también es cierto que había pasado muchísimo tiempo desde mi despertar… decenas de miles de años antes.

»Mi mirada se posó pensativa en el lugar donde alguna vez estuvo el sillón. De repente abandoné la abstracción y quedé absorto, pues allí, en ese lugar, alcancé a distinguir una larga ondulación, redondeada por el espeso polvo. No era tan informe como para no saber qué la había causado. Supe… y me estremecí al saberlo, que era un cuerpo humano muerto hacía muchísimo tiempo el que yacía allí, en el sitio donde había dormido. Se hallaba sobre su lado derecho, con la espalda dirigida hacia mí. Podía distinguir y seguir cada curva y cada contorno, como si estuviera moldeado en el denso polvo. De una manera vaga, traté de justificar su presencia. Lentamente comencé a asustarme cuando me di cuenta de que estaba justo donde debí haberme caído cuando se desmoronó el sillón.

»Poco a poco una idea comenzó a formarse dentro de mi cabeza, un pensamiento que conmovió mi alma. Parecía horrendo e insoportable; sin embargo, se adueñó de mi ser con tal firmeza que se convirtió en una convicción. El cuerpo que se hallaba bajo esa capa, bajo ese sudario de polvo, era ni más ni menos que mi propio cascarón muerto. No intenté probarlo. Ahora lo sabía, y me pregunté si no lo había sabido todo el tiempo. Yo era un ser incorpóreo.

»Por un rato traté de ajustar mis pensamientos a esta nueva situación. Con el tiempo —no sé cuántos miles de años después— logré alcanzar cierto grado de tranquilidad. La suficiente como para poder prestar atención a lo que estaba sucediendo a mi alrededor

»Ahora veía que el montículo alargado se había hundido, se había desplomado hasta llegar al nivel del resto del polvo esparcido. Y nuevas partículas impalpables se habían asentado sobre esa mezcla de materia sepulcral pulverizada por los eones. Me quedé largo tiempo alejado de la ventana. Gradualmente empecé a calmarme, mientras el mundo se deslizaba hacia el futuro a través de los siglos.

»Comencé a inspeccionar la habitación, viendo que el tiempo estaba empezando a realizar su obra destructiva aun en este extraño y antiguo edificio. El que hubiera perdurado a través de los años ya me pareció una muestra evidente de que era algo diferente a cualquier otra casa. No creo sin embargo haber pensado en su decadencia. Aunque no podría decir el porqué. No fue hasta que hube meditado el asunto por un tiempo considerable que me di cuenta realmente del extraordinario espacio de tiempo a través del cual había resistido. Era suficiente como para haber pulverizado completamente las mismas piedras sobre las que estaba construida, si éstas hubiesen sido extraídas de alguna cantera terrenal. Había desaparecido todo el revestimiento de las paredes, de la misma forma que lo habían hecho las molduras muchísimos años antes.

»Mientras estaba allí, contemplando la habitación, un pedazo de vidrio de una de las pequeñas ventanas cayó, produciendo un ruido sordo en medio del polvo que cubría el alféizar que estaba detrás de mí, y se desmenuzó totalmente. Cuando me volví para mirar, vi luz entre dos de las piedras que formaban la pared exterior. Evidentemente se estaba cayendo la argamasa...

»Después de un momento, me dirigí de nuevo a la ventana y miré hacia afuera. Descubrí que la velocidad del tiempo se había acelerado aún más. El temblor lateral del torrente solar se había hecho tan rápido que hizo fundirse al danzante semicírculo de llamas en una lámina de fuego que cubría la mitad del cielo septentrional, de este a oeste.

»Del cielo dirigí mi vista a los jardines. Solo quedaba de ellos un sucio y borroso verde desteñido. Tuve la sensación que eran más altos que en los viejos tiempos; la sensación de que estaban más cerca de mi ventana, como si se hubieran elevado en conjunto. Sin embargo, aún estaban a una gran distancia del lugar donde quedaba la casa, pues la roca sobre la boca del pozo en la cual está situada se arqueaba hasta una gran altura.

»Más tarde noté un cambio en el constante color de los jardines. El sucio y desteñido verde se estaba haciendo cada vez más pálido, más blanco. Por último, después de un gran espacio de tiempo, se tornaron blancos grisáceos, y así quedaron por muchísimo tiempo. Finalmente, el gris comenzó a desvanecerse como antes lo había hecho el verde, hasta llegar a un blanco mortecino. Y así se mantuvo constante. Supe entonces que la nieve cubría definitivamente el hemisferio norte.

»Y, así durante millones de años, el tiempo corrió a través de la eternidad, hacia el fin... el fin que tan remotamente había imaginado en los viejos días de la Tierra. Lo que una vez fueron vagas especulaciones, ahora se aproximaba de una manera que nadie había soñado nunca.

»Recuerdo que fue entonces cuando empecé a sentir una viva, aunque morbosa curiosidad por saber qué sucedería cuando llegara el fin… pero era físicamente incapaz de concebirlo.

»Durante todo ese tiempo el proceso de decadencia continuó. Hacía mucho tiempo que los restantes trozos de vidrio habían desaparecido; y de vez en cuando, un suave impacto y una pequeña nube de polvo anunciaba la caída de algún pedazo de piedra o de revoque. Volví a mirar la flamígera lámina que vibraba sobre mí en los cielos del sur, allá a lo lejos. Comprendí que había perdido algo de su primitiva brillantez, que se había vuelto opaco, acentuando sus tonos oscuros.

»Volví a mirar una vez más el borroso blanco del paisaje terrenal. A veces mi mirada retornaba al manto de opaca llama que ocultaba al sol. A veces miraba detrás de mí, hacia el creciente crepúsculo de la grande y silenciosa habitación, con su antiquísima alfombra de durmiente polvo…

»Y así permanecí, contemplando el paso de las efímeras eras, perdido en pensamientos delirantes que fatigaban mi espíritu y me arrastraban nuevamente al abatimiento.

# La rotación lenta

## XVII

»Debió ser un millón de años más tarde cuando observé, sin ninguna posibilidad de duda, que el flamígero manto que iluminaba el mundo se estaba oscureciendo.

»Transcurrió otro vasto período de tiempo y toda la enorme llama se fundió en un profundo tono cobrizo. Gradualmente se oscureció, tornando el cobre en rojo, hasta adquirir un subido y opresivo púrpura que amenazaba con tomar tintes de sangre.

»Aunque la luz se hacía más débil, no pude percibir disminución alguna en la velocidad aparente del sol, que aún formaba un vertiginoso velo en los cielos.

»El mundo, hasta donde podía verlo, había adoptado una lóbrega sombra, como si en verdad se aproximara el fin.

»No había ninguna duda de que el sol estaba moribundo; y la Tierra aún giraba con rapidez a través del espacio y los eones. Recuerdo que por entonces se apoderó de mí la perplejidad. Mi mente se encontraba vagando en medio de un extraño caos formado por las modernas teorías sobre el fin del mundo y el antiguo relató bíblico.

»Entonces, por primera vez, recordé que tanto el sol como su sistema de planetas estaban y habían estado atravesando el espacio a una increíble velocidad. Abruptamente surgió la pregunta: ¿hacia dónde? Medité el asunto largo tiempo, pero con la sensación de lo fútil de mis interrogantes dejé que mis pensamientos se dirigieran a otras cosas. Comencé a preguntarme cuánto tiempo más resistiría la casa. También me pregunté si estaría condenado a permanecer incorpóreo sobre la Tierra a través del período de oscuridad que ciertamente se avecinaba. A partir de estos pensamientos me aboqué de nuevo a las especulaciones sobre la posible dirección del sol en su viaje a través del espacio... Y así transcurrió otro gran período más.

»Gradualmente, mientras huía el tiempo, comencé a sentir los escalofríos provocados por un larguísimo invierno. Recordé que con la muerte del sol debería ser extraordinariamente intenso. Mientras los eones se deslizaban hacia la eternidad, la Tierra se hundía lentamente en una tenebrosidad cada vez más rojiza y opresiva. La opaca llama del firmamento adoptaba un tinte a la vez turbio y sombrío.

»Luego me di cuenta de que se había operado un cambio. La flamígera y tenebrosa cortina que pendía trémula sobre mi cabeza en dirección al sur, comenzó a contraerse y a adelgazarse; y de la misma manera que uno ve las rápidas vibraciones de una cuerda de arpa, observé una vez más el tembloroso torrente solar, corriendo vertiginoso de norte a sur.

»Lentamente desapareció toda semejanza con una lámina de fuego y vi con claridad el retardado latido del torrente solar. Sin embargo, entonces, la velocidad de su oscilación era aún inconcebiblemente rápida. Durante todo ese tiempo el brillo del ardiente arco se hacía más opaco. Bajo su luz el mundo asomaba tímidamente como una región confusa y fantasmal.

»Sobre mi cabeza el río de llamas oscilaba cada vez con más lentitud, hasta que al fin se lanzó de norte a sur, con grandiosas y pesadas oscilaciones que solo duraban unos segundos. Volvió a transcurrir un largo espacio de tiempo y noté ahora que cada vaivén del gran cinturón duraba casi un minuto, de modo que después de un rato dejé de distinguirlo como un movimiento visible; y el fuego torrencial comenzó a correr, hasta convertirse en un constante río de opacas llamas que atravesaban un firmamento de mortuorio aspecto.

»Transcurrió un período indefinido y me pareció que el arco de fuego comenzaba a perder su nitidez. Noté que se iba atenuando paulatinamente, hasta dejar ver algunos ocasionales rayos oscuros. Luego, mientras observaba, cesó el suave flujo hacia adelante y pude percibir que el mundo se oscurecía, lenta pero regularmente. Esto se hizo más notorio, hasta que una vez más las noches se precipitaron sobre la Tierra, en cortos pero periódicos intervalos.

»Las noches se hacían más y más largas, lo mismo que los días; hasta que al fin crecieron hasta durar segundos y el sol apareció una vez más, como una bola de color rojo cobrizo incluida en las tinieblas incandescentes de su vuelo. Las líneas oscuras que a veces se veían en su estela se habían convertido ahora, con toda nitidez, en grandes cinturones oscuros que rodeaban el semivisible astro.

»Un año tras otro se desvanecían en el pasado, y los días y las noches se convertían en minutos. El sol ya no parecía tener cola; salía y se ponía... como si fuera un tremendo globo incandescente de bronce rodeado de las oscuras y sanguinolentas bandas que ya he mencionado. Estos círculos, tanto rojos como negros, eran de espesores variables, y por un tiempo no pude explicarme su presencia. Entonces se me ocurrió que era poco posible que se enfriara en forma pareja en todo su volumen; estas marcas se debían probablemente a la diferencia de temperatura de las diversas superficies, representando el rojo aquellas partes en que el calor era todavía intenso y las negras a porciones que eran ya comparativamente frías.

»Pensé que era curioso que se enfriara en anillos parejamente definidos; hasta que recordé que posiblemente se trataba simplemente de regiones aisladas, a las cuales la enorme rotación les había impartido una apariencia de anillos. El mismo sol era mucho más grande del que yo había conocido en los viejos días del mundo; y deduje que posiblemente se hallaba más cerca.

»Por las noches, la luna[13] se veía pequeña y remota; y la luz que reflejaba era tan opaca y débil que parecía un diminuto y oscuro espectro de la que yo había conocido.

---

13 No se vuelve a mencionar a la luna. Por lo que aquí se dice es evidente que nuestro satélite había aumentado en gran medida su distancia con la Tierra. Posiblemente en una época lejana puede haberse librado de nuestra atracción. No puedo menos que lamentar que no se arroje ninguna luz sobre este punto. [Ed.]

»Los días y las noches fueron alargándose paulatinamente, hasta que fueron equivalentes, en tiempo, a algo menos de una hora del viejo mundo. Mientras tanto, el sol se elevaba y desaparecía, como un gran disco de bronce cruzado por barras oscuras. Aproximadamente en esta época, noté que podía percibir los jardines una vez más. El mundo se había tornado tranquilo e inmutable. Sin embargo, no es correcto decir jardines, pues no existían jardines ni nada que se le pareciera. En su lugar pude contemplar una vasta planicie que se perdía en la distancia. Un poco a mi izquierda se veía una baja cadena de colinas. En todas partes había una cubierta blanca y uniforme de nieve, que en algunos lugares se elevaba en montes y ondulaciones.

»Fue ahora que advertí cuán grande había sido la nevada. En algunos lugares era profunda, como lo atestiguaba una gran elevación ondulada que se extendía a mi derecha; aunque era posible que fuera en parte alguna elevación del terreno. Por extraño que parezca, la cadena de bajas colinas mencionadas situadas a mi izquierda no estaba enteramente cubierta por la nieve universal. En cambio, podía ver que mostraban sectores desnudos y oscuros en sus desoladas laderas. Por todas partes reinaba una increíble quietud de muerte y desolación. El pavoroso e inmutable silencio de un mundo terminado.

»Durante este tiempo los días y las noches se alargaron perceptiblemente. Cada día duraba tal vez unas dos horas desde el amanecer hasta el crepúsculo. Por la noche me sorprendió notar que había muy pocas estrellas, y que éstas eran pequeñas, aunque de brillo extraordinario. Lo atribuí a la especial negrura del período nocturno.

»Hacia el norte podía percibir una especie de nebulosa que no difería en aspecto a una pequeña porción de la Vía Láctea. Podría ser un cúmulo estelar increíblemente remoto o —la idea surgió repentinamente— tal vez se trataba del universo sideral que yo había conocido y dejado atrás para siempre muy lejano y distante: una nube de estrellas pequeñas y débilmente incandescentes en las profundidades del espacio. Los días y las noches continuaban alargándose con lentitud. Cada vez que el sol subía era más opaco que cuando se había puesto. Y los cinturones oscuros aumentaban su grosor.

»Alrededor de esta época sucedió algo nuevo. El sol, la Tierra y el suelo se oscurecieron repentinamente, y desaparecieron por un momento. Tuve la sensación, la casi certidumbre (poco podía enterarme por la vista), de que la Tierra estaba sufriendo una gran nevada. Luego, instantáneamente, el velo que lo había oscurecido todo se desvaneció y pude mirar afuera una vez más. Un espectáculo maravilloso se presentó a mi vista. La depresión en la cual se yergue esta casa con sus jardines estaba rebosante de nieve,[14] que se alzaba hasta lamer el alféizar de la ventana. Por todos lados veía una gran y llana extensión de blanco que recibía y reflejaba tenebrosamente los brillos cobrizos y sombríos del sol moribundo. El mundo se había convertido en una llanura sin sombras que iba de un horizonte a otro.

»Levanté mi vista al sol. Brillaba con una extraordinaria claridad opaca. Lo vi ahora como alguien que, hasta enton-

---

14  Posiblemente aire congelado. [Ed.]

ces, solo lo había visto a través de un medio parcialmente oscuro. A su alrededor, el cielo se había vuelto negro, con una negrura nítida e intensa, espantosa en su cercanía y en su inconmensurable profundidad y hostilidad. Por mucho tiempo lo contemplé, agitado y temeroso. Estaba tan cerca. Si hubiera sido un niño, podría haber expresado alguna de mis sensaciones diciendo que el cielo había perdido su techo.

»Más tarde me di la vuelta y revisé la habitación a mi alrededor. Estaba cubierta por todas partes con el fino sudario blanco que lo impregnaba todo. Solo podía verla confusamente a causa de la sombría luz que iluminaba el mundo. Parecía adherirse a las paredes ruinosas; y el espeso y suave polvo de los años que cubría el suelo ya no era visible. La nieve debía haberse introducido por el marco abierto de las ventanas. Sin embargo, no se había amontonado en ningún lado, sino que yacía por todas partes, lisa y pareja alrededor del grande y viejo cuarto. Además, durante esos miles de años no había soplado ningún viento. Pero allí estaba la nieve,[15] como ya he dicho.

»Y toda la Tierra estaba silenciosa. Y hacía un frío que ningún hombre viviente pudo haber conocido alguna vez.

»La Tierra estaba ahora iluminada, de día, por una luz muy triste que está más allá de mi capacidad de descripción. Parecía como si mirara la vasta llanura a través de un mar de tintes broncíneos.

---

15 Véase nota a pie de pág. 150, Esto podría explicar la nieve (?) dentro de la habitación. [Ed.]

»Era evidente que el movimiento de rotación de la Tierra estaba atenuándose constantemente.

»El fin llegó repentinamente. La noche había sido la más larga hasta entonces; y cuando el sol moribundo apareció por fin sobre el límite del mundo, me había cansado tanto de la oscuridad que lo saludé como si fuera un amigo. Se elevó constantemente, hasta que estuvo aproximadamente unos veinte grados sobre el horizonte. Luego, se detuvo de repente y, después de realizar un extraño movimiento retrógrado, quedó colgando inmóvil, como si fuera un gran escudo en el cielo.[16] Solo se veía brillar su borde circular, solo esto y un fino rayo de luz cerca del ecuador.

»Este filamento se extinguió poco a poco, y todo lo que quedó de nuestro grande y glorioso sol fue un enorme disco muerto, bordeado por un delgado círculo de luz de un color bronce rojizo.

---

16  Estoy extrañado de que ni aquí, ni más adelante, el Recluso vuelva a mencionar el continuo movimiento norte-sur (aparente, por supuesto) del sol de solsticio en solsticio. [Ed.]

# La Estrella Verde

## XVIII

»El mundo estaba sumido en una fría e intolerable lobreguez primitiva. Afuera todo era quietud... ¡quietud! En la oscura habitación detrás de mí se oía ocasionalmente el ruido sordo[17] de los materiales que caían; eran fragmentos de piedra desmenuzada. Y así pasó el tiempo, y la noche aprisionó al mundo, envolviéndolo en sus mantos de negrura impenetrable.

»No existía el cielo nocturno tal como lo conocemos. Hasta las pocas estrellas rezagadas habían desaparecido completamente. Era como si estuviera en una habitación sin ventanas, sin una sola luz. En la impalpabilidad de las tinieblas solo ardía ese enorme filamento opaco, único resto del viejo sol. Más allá de esto no existía ni un solo rayo de luz en toda la vastedad de la noche que me rodeaba; salvo

---

17 En esa época, la atmósfera capaz de transmitir sonidos debe haber estado increíblemente atenuada o —más probablemente— ya no existía. En base a esto, no se puede saber si esos u otros sonidos hubieran sido claros para oídos vivientes. Por lo menos en el sentido que entendemos el oído en nuestros cuerpos materiales. [Ed.]

esa incandescencia semejante a una niebla que allá en el lejano norte aún brillaba suavemente.

»Los años pasaron silenciosos. Qué período de tiempo pasó, nunca lo sabré. Me pareció que, esperando allí, las eternidades iban y venían furtivamente. Solo podía ver el resplandor del borde del sol, que ahora había comenzado a aparecer y a desaparecer, como si se iluminara por un tiempo, y luego volviera a extinguirse.

»Repentinamente, durante uno de esos períodos de vida, una súbita llamarada atravesó la noche, un resplandor fugaz que iluminó brevemente la Tierra muerta, dándome una visión de su chata soledad. La luz parecía venir del sol, saliendo diagonalmente de su centro. La contemplé por un momento, sobresaltado. Luego la llama se hundió y volvieron a reinar las tinieblas. Pero ahora ya no estaba tan oscuro y el sol estaba rodeado por una línea de vívida luz blanca. Miré con atención. ¿Habría estallado un volcán en el sol? Sin embargo, tan pronto como el pensamiento surgió, me apresuré a negarlo. Noté que la luz había sido demasiado blanca e intensa para deberse a esa causa.

»Se me ocurrió otra idea. ¿Sería que uno de los planetas cercanos se había desplomado en el sol, haciéndose incandescente bajo el impacto? Esta teoría me atrajo, puesto que era más plausible y explicaba más satisfactoriamente el tamaño y la extraordinaria brillantez del estallido que había iluminado al mundo muerto tan inesperadamente.

»Miré fijamente, atravesando las tinieblas lleno de interés y emoción, hacia esa línea de blanco fuego que hendía la noche. Esto explicaba, sin lugar a dudas, que el sol continuara aún girando a una enorme velocidad.[18] Así supe que los años todavía pasaban a un ritmo incalculable; aunque en lo referente a la Tierra, la vida, la luz y el tiempo eran cosas que pertenecían a un perdido e irrecuperable pasado.

»Después de esa única explosión de llamas, la luz se mostró solamente como una banda de brillante fuego. Sin embargo, mientras observaba, comenzó a adquirir un tinte rojizo, y más tarde un color de bronce oscuro que aún retenía algo del rojo; era un proceso parecido al que había sufrido el sol. Inmediatamente se hizo de una tonalidad aún más profunda; y en un espacio de tiempo aún más largo comenzó a fluctuar; teniendo períodos de incandescencia y de extensión. Y así, después de un período muy extenso, se apagó.

»Mucho antes de esto, el borde solar que ardía lentamente había desaparecido en las tinieblas. Y de este modo, en esa época suprema del futuro, el mundo, oscuro e intensamente silencioso, vagaba en su triste órbita en derredor de la pesada masa del astro muerto.

»Puedo describir escasamente mis pensamientos de ese período. Al principio eran caóticos e incoherentes. Más tarde, a medida que transcurrían las edades, mi espíritu pareció empaparse con la esencia misma de la opresiva soledad y la monotonía que sometía a la Tierra.

»Con esa sensación, llegó también una prodigiosa claridad de pensamiento, y me di cuenta con desesperación que era posible que el mundo vagara eternamente a través de esa enorme

---

18 Solo puedo suponer que la travesía anual de la Tierra había dejado de tener su actual duración, con relación al período de rotación del sol. [Ed.]

noche. Por un momento, la indeseable idea me dominó, deján-dome tan abrumado y desolado que podría haberme puesto a llorar como una criatura. Sin embargo, al pasar el tiempo, esta sensación disminuyó de forma insensible y una irracional esperanza se apoderó de mí. Decidí esperar pacientemente.

»De vez en cuando el ruido de las partículas que caían en la habitación llegaba sordamente a mis oídos. Una vez oí un fuerte estrépito, y me volví casi instintivamente, olvidándome por un momento de la impenetrable noche en la cual me hallaba sumergido. Después de un tiempo, mi mirada se dirigió a los cielos, buscando inconscientemente el norte. Sí, el resplandor todavía era visible. En verdad, casi podría decir que se había hecho un poco más evidente. Durante un tiempo mantuve fija mi mirada en él, presintiendo en mi alma solitaria que su suave bruma era de algún modo un lazo con el pasado. ¡Es extraño cómo uno puede hallar consuelo en las trivialidades! Y sin embargo, si hubiera sabido... Pero en el momento oportuno volveré a ello.

»Me quedé observando durante un largo período, sin sen-tir deseos de dormir tal como en los días de la vieja Tierra. Con gusto los habría acogido; aun cuando solo fuera por pasar el tiempo y alejarme de mis pensamientos.

»El ruido de la mampostería desplomándose interrum-pió varias veces mis meditaciones; y una vez me pareció oír susurros en el cuarto detrás de mí. Pero era completamente inútil tratar de ver algo. Difícilmente se puede concebir una negrura como la que existía. Era impalpable y horriblemente brutal para los sentidos; era como si algo muerto se apretara contra mí. Algo blando y helado.

»Todo esto hizo crecer en mi mente una abrumadora inquietud, que fue abandonándome simplemente para dejarme en un estado de meditación inconsolable. Presentía que debía luchar contra esto; y con la esperanza de distraerme, me encaminé a la ventana y volví a dirigir mi vista hacia el norte, buscando esa nebulosa blancura que aún creía ser el lejano y brumoso resplandor del universo dejado atrás. Pero al elevar la mirada, corrió por mi cuerpo una sensación de asombro, pues ahora la sepulcral luz se había convertido en una única y grande estrella de vívido verde.

»Asombrado, me pasó por la mente la idea que la Tierra debía estar viajando hacia esa estrella, y no alejándose, tal cual había imaginado. Me di cuenta de que no podía ser el universo que la Tierra había dejado atrás, sino posiblemente una estrella aislada, perteneciente a algún enorme cúmulo estelar oculto en las vastas regiones del espacio. Lleno de una sensación mezcla de pavor y de curiosidad, me pregunté qué nuevo misterio me iba a ser revelado.

»Durante un tiempo estuve ocupado en vagos pensamientos y especulaciones, durante los cuales mi mirada se detenía insaciablemente en ese único punto de luz, en una oscuridad que semejaba la de un pozo. Dentro de mí crecía la esperanza, desplazando la opresión desesperada que parecía haberme sofocado. Dondequiera que la Tierra estuviese viajando por lo menos se dirigía una vez más a los reinos de la luz. ¡La Luz! Uno debe pensar una eternidad envuelto en una noche silenciosa para comprender todo el horror de estar sin ella.

»Lentamente, pero con seguridad, la estrella se fue acercando a mi campo visual, hasta que, a su debido tiempo, llegó a brillar tan intensamente como lo había hecho el planeta Júpiter en los viejos días de la Tierra. Con el aumento de tamaño, su color se hizo más impresionante; me recordó a una enorme esmeralda lanzando rayos de fuego a través del mundo.

»Los años transcurrieron en silencio y la estrella verde creció hasta convertirse en una gran mancha de llamas en el cielo. Un poco más tarde vi algo que me llenó de asombro. Fue el espectral contorno de un enorme semicírculo en la noche; una gigantesca luna nueva que parecía surgir de las tinieblas circundantes. Me quedé mirándola aturdido. Parecía estar comparativamente muy cerca; y me esforcé en comprender cómo se había acercado tanto sin que la hubiese visto antes.

»La luz arrojada por la estrella se hizo más fuerte; y pronto me di cuenta de que era posible ver de nuevo el paisaje terrenal; aunque en forma algo borrosa, Por un tiempo traté de distinguir algunos detalles de la superficie del mundo, pero la luz resultó insuficiente. Al poco tiempo abandoné el intento y una vez más dirigí la vista hacia la estrella. En ese breve espacio de tiempo en que mi atención se distrajo, había crecido enormemente; ahora parecía tener, ante mi perpleja mirada, un cuarto del tamaño de la luna llena. Su luz era extraordinariamente poderosa y sin embargo su color era tan abominable y extraño que lo que podía ver del mundo se veía irreal; más como si estuviese contemplando un paisaje de sombras que otra cosa.

»Durante todo ese tiempo, la gran luna aumentó su brillo y comenzó a relucir con una perceptible tonalidad verde. Aumentaba constantemente de tamaño y brillantez, hasta que pareció tan grande como la mitad de una luna llena. A medida que se agrandaba y crecía su brillo, la enorme media luna arrojaba más y más luz, aunque ésta era de un tono verde que se hacía cada vez más intenso. El desolado panorama aparecía ante mis ojos bajo el resplandor combinado de sus radiaciones y se tornaba más visible. Pronto me pareció posible poder contemplar el mundo a través de los efectos de esa extraña luz. El resultado fue terrible, en su fría y chata tristeza.

»Un poco más tarde, un hecho atrajo mi atención: la gran estrella de llamas verdes se estaba hundiendo lentamente, saliendo del norte y dirigiéndose al este. Al principio apenas podía creer lo que veía; pero pronto no me cupo ninguna duda. Se hundía gradualmente y en su caída la vasta media luna incandescente comenzaba a disminuir con lentitud, hasta que se convirtió en un simple arco de luz contra un cielo de lívidos colores. Más tarde se desvaneció, desapareciendo en el mismo lugar donde la había visto surgir.

»Por entonces, la estrella había alcanzado una posición de unos treinta grados en el oculto horizonte. Ahora podía rivalizar con la luna en su plenitud, aun cuando no me era posible todavía distinguir su disco. Este hecho me llevó a pensar que aún se encontraba a una distancia extraordinaria; y siendo así su tamaño debía ser enorme, más allá de todo lo que el hombre podía concebir o imaginar.

»Súbitamente, el borde inferior de la estrella desapareció, cortado por una oscura línea recta. Un minuto —o un siglo— pasó, y se hundió más, hasta que la mitad desapareció de mi vista. Allá lejos, sobre la gran planicie vi una monstruosa mancha de sombras, que avanzaba rápidamente borrándolo todo. Solo un tercio de la estrella era visible ahora. Entonces se me reveló la solución de ese extraño fenómeno; fue como un relámpago fulminante. La estrella se hundía detrás de la enorme masa del sol muerto. O más bien, el sol obedeciendo a la atracción se elevaba hacia ella,[19] seguido fielmente por la Tierra. Mientras estos pensamientos ocupaban mi mente, desapareció ocultada totalmente por la tremenda mole del sol. Una vez más la melancólica noche caía sobre el planeta.

»La oscuridad trajo consigo soledad y temor. Por primera vez pensé en el Foso, y en sus moradores. Después surgió en mi mente el recuerdo de la criatura aún más terrible que acechaba en las orillas del Mar de los Sueños y esperaba en las sombras de este viejo edificio. ¿Dónde estarán? me pregunté. Y estos pensamientos produjeron inquietud en mi espíritu. El miedo me oprimió por un rato y elevé una salvaje e incoherente plegaria para que algún rayo de luz descorriera las frías tinieblas que envolvían el mundo.

»Es imposible decir con precisión cuánto tiempo aguardé; pero es seguro que fue durante un largo tiempo. Luego vi

---

19 Una cuidadosa lectura del Manuscrito sugiere que, o bien el sol estaba viajando en una órbita muy excéntrica, o que, de otro modo, se estaba aproximando a la estrella verde en una órbita reducida. Pienso que en ese momento ya se había separado de su curso oblicuo por efecto de la atracción gravitatoria de la enorme estrella. [Ed.]

súbitamente una presencia luminosa que poco a poco fue aclarándose hasta brillar delante de mí. Un rayo de intenso verde atravesó la oscuridad. En ese mismo instante vi a lo lejos una vívida llama en la noche. Pareció pasar un instante, y ya había crecido hasta convertirse en un coágulo de fuego, bajo el cual se extendía el mundo inundado por un resplandor esmeralda. Creció rápidamente, hasta que toda la mole de la estrella verde volvió a presentarse a la vista. Pero ahora apenas podía llamársela estrella, pues alcanzaba proporciones gigantescas y era incomparablemente más grande que lo que había sido el sol en los viejos tiempos.

»Me di cuenta entonces de que podía ver el borde del sol inerte brillar como una gran media luna. Lentamente la superficie iluminada se ensanchó hasta que fue visible la mitad del diámetro; y la estrella comenzó a desplomarse a mi derecha. Pasó un tiempo, y la Tierra siguió atravesando lentamente la tremenda faz del sol muerto.[20]

»Mientras la Tierra se desplazaba hacia adelante, la estrella caía aún más hacia la derecha, hasta que por último empezó a brillar en el fondo de la casa, lanzando un torrente de rayos luminosos a través de los esqueléticos muros. Al mirar hacia arriba, vi que la mayor parte del cielo raso había desaparecido, permitiéndome ver que los pisos superiores estaban más derruidos. Evidentemente el techo había des-

---

20 Se notará aquí que la Tierra estaba «atravesando lentamente la tremenda faz del sol muerto». No se da explicación sobre esto y debemos deducir que, o la velocidad del tiempo había disminuido, o que la Tierra se desplazaba en su órbita a una velocidad más lenta que cuando se la mide por las normas actualmente utilizadas. Sin embargo, un estudio detallado del Manuscrito me lleva a sospechar que la velocidad del tiempo llevaba un considerable período disminuyendo firmemente. [Ed.]

aparecido por completo, y ahora podía contemplar el estelar fulgor verde que oblicuamente penetraba a raudales en la casa.

# El fin del
# Sistema Solar

## XIX

»Desde el contrafuerte donde una vez habían estado las
ventanas a través de las cuales había observado ese primer
y fatal amanecer, podía ahora ver que el sol era mucho más
grande que cuando la estrella iluminó por primera vez el
mundo. Era tan grande que su borde inferior parecía tocar
el lejano horizonte. Mientras lo observaba, podía imaginar
que se acercaba aún más. La radiación verde que iluminaba
la Tierra congelada se hizo cada vez más brillante.

»Y así quedaron las cosas por un largo tiempo. De repente
vi que el sol estaba cambiando de forma y haciéndose más
pequeño, tal como había sucedido con la luna en tiempos
pasados. En breve, solo un tercio de la parte iluminada se
dirigió hacia la Tierra. La estrella se alejó por la izquierda.

»Mientras el mundo avanzaba, la estrella brillaba sobre
el frente de la casa una vez más; mientras, el sol semejaba
un gran arco de fuego verde. Me pareció que transcurría

un instante, y ya había desaparecido. La estrella era aún completamente visible. Luego la Tierra avanzó hacia la negra sombra del sol y todo fue noche... Noche negra y sin estrellas, e intolerable.

»Yo observaba la noche lleno de tumultuosos pensamientos, y aguardando. Pudieron pasar años, y luego la oscura casa y la contenida quietud del mundo fue interrumpida bruscamente. Me pareció oír suaves ruidos de pisadas y mis sentidos fueron asaltados por un débil e inarticulado murmullo. Miré a las tinieblas y vi una multitud de ojos. Mientras los miraba iban aumentando de número, y parecían acercárseme. Durante un instante me quedé allí, parado e incapaz de moverme. Luego un horrendo gruñido se elevó en la noche; entonces salté por la ventana hacia el mundo helado. Recuerdo confusamente haber corrido por un tiempo; después, simplemente esperé... esperé... Varias veces oí chillidos, pero siempre como si vinieran de una gran distancia. No tenía ninguna idea sobre la situación de la casa, a no ser por esos sonidos. El tiempo seguía transcurriendo, pero yo estaba apenas consciente; solo sentía frío, impotencia y miedo.

»Me pareció que pasaba muchísimo tiempo, y surgió un resplandor que anunciaba la llegada del día. Luego —como una aparición sobrenatural— el primer rayo de la Estrella Verde golpeó el borde del Sol Oscuro e iluminó el mundo. Se derramó sobre una ruinosa estructura situada a unas doscientas yardas de distancia. Era la casa. Al mirarla fijamente vi un espectáculo terrible; sus muros estaban plagados por una legión de criaturas demoníacas, que cubrían el viejo edificio desde sus tambaleantes torres hasta su base. Ahora podía verlos claramente: eran los Cerdos.

»El mundo avanzaba hacia la luz de la Estrella y vi que la misma parecía extenderse a través de un cuarto de firmamento. La gloria de su fulgurante luz era tan tremenda que parecía que el cielo se llenara de llamas tremolantes. Entonces vi el sol. Estaba tan cerca que la mitad de su diámetro estaba bajo el horizonte; y mientras el mundo giraba alrededor de su cara, parecía como si se elevara en el cielo, semejante a una estupenda cúpula esmeralda. De vez en cuando echaba una mirada a la casa; pero los Cerdos no parecían estar enterados de mi proximidad.

»Los años pasaban lentamente. La Tierra ya casi había llegado al centro del disco solar. La luz del *Sol* Verde —como se le debía llamar entonces— brillaba a través de los intersticios convirtiendo los derruidos muros de la vieja casa en una criba y haciéndolos aparecer como envueltos en llamas verdes. Los Cerdos todavía se arrastraban sobre sus paredes.

»De repente se elevó un coro de chillidos y desde el centro de la casa sin techo salió disparada una enorme columna de llamas sangrientas. Vi incendiarse las pequeñas torres y almenas que aún conservaban sus retorcidas formas. Los rayos del Sol Verde se abatían sobre la casa, y se mezclaban con sus fantásticos resplandores, de tal manera que parecía un resplandeciente horno de fuego rojo y verde.

»Contemplé fascinado este espectáculo, hasta que una abrumadora sensación de peligro inminente atrajo mi atención. Miré hacia arriba e inmediatamente me di cuenta de que el sol estaba más cerca; tan cerca que en verdad parecía estar colgado sobre el mundo. Luego —no sé cómo— fui transportado a las alturas, flotando como una burbuja en medio del pavoroso fulgor.

»A lo lejos, debajo de mí, se veía la Tierra, con la ardiente casa bañada por una montaña de fuego en constante crecimiento. A su alrededor, la tierra parecía brillar; y en algunos lugares ascendían espesos espirales de humo amarillo. Parecía como si el mundo fuera presa de una plaga de fuego. Débilmente pude ver a los Cerdos. Parecían no haber sufrido ningún daño. Luego el suelo se hundió y la casa, con su carga de horrendas criaturas, desapareció en las entrañas de la tierra, lanzando una extraña nube sanguinolenta hacia las alturas. Recordé el infernal Foso que se hallaba bajo la misma.

»Al rato miré a mi alrededor. La enorme masa del sol se elevaba sobre mí. Las distancias se hacían cada vez más cortas. De repente, la Tierra pareció lanzarse hacia adelante. En un instante atravesó la distancia que la separaba del sol. No oí ningún ruido; pero de la cara del astro brotó una lengua creciente de deslumbrantes llamas. Ésta *pareció* saltar hasta el lejano Sol Verde, cortando como si fuera una tijera la luz esmeraldina, como una verdadera catarata de fuego enceguecedor. Llegó a su límite y se hundió; y allí, sobre el sol, brilló una vasta mancha de blanco ardiente… la tumba de la Tierra.

»Ahora el sol estaba muy cerca de mí. Muy pronto descubrí que me estaba elevando; hasta que por último estuve situado sobre él, en el vacío. El Sol Verde era tan enorme que su extensión parecía llenar el cielo. Miré hacia abajo y noté que el sol estaba pasando directamente por debajo de mí.

»Posiblemente pasó un año, o un siglo. Me encontré solitario, suspendido en el espacio. El sol parecía a lo lejos una masa negra y circular contra el esplendor del gran Orbe Verde. Cerca de un borde observé un resplandor terrible; marcaba el lugar donde había caído la Tierra. Así supe que el extinguido sol aún seguía girando, aunque con gran lentitud.

»Hacia mi derecha, vislumbraba a veces un leve resplandor de luz blanquecina. Por un tiempo observé ese nuevo enigma, hasta que al fin supe que no era algo imaginario, sino una realidad. Se hizo más brillante y pronto se deslizó fuera del verde un pálido globo de suavísima blancura. Se acercó más y vi que aparentemente estaba rodeado de un manto de nubes de tibio resplandor. Siguió transcurriendo el tiempo...

»Vi que el sol disminuía constantemente de tamaño. Parecía ahora solo una mancha oscura en la cara del Sol Verde. Mientras lo observaba, lo vi hacerse más pequeño, como si estuviese precipitándose a inmensa velocidad hacia el orbe superior. Miré con gran ansiedad. ¿Qué sucedería? Era consciente de la extraordinaria emoción que me embargaba, al darme cuenta de que el sol chocaría con el Sol Verde. Ya era más pequeño que un garbanzo y me apresté con toda mi alma a ser testigo del capítulo final de nuestro Sistema Solar... el mismo Sistema que había sostenido al mundo a través de tantos eones, con sus alegrías y sus penas multitudinarias; y ahora...

»De repente algo cruzó mi campo visual, bloqueando a mi mirada todo vestigio del espectáculo que observaba con tanto interés. No pude ver qué sucedió con el sol muerto; aunque no tengo dudas —a la luz de lo que vi después—

para no creer que se precipitó en el extraño fuego del Sol Verde; y de esa manera pereció.

»Repentinamente surgió en mi mente una pregunta extraordinaria: ¿no sería ese estupendo globo de fuego verde el vasto Sol *Central*, el gran sol a cuyo derredor giraban nuestro universo y todos los otros? Me sentí confundido. Pensé en el probable fin del sol muerto y, pasmado, sentí que otra idea me asaltaba: ¿harían otras estrellas muertas también sus tumbas en el Sol Verde? La idea me atrajo sin parecerme en absoluta grotesca, sino más bien como algo probable.

# Las esferas celestiales

## XX

»Por un tiempo, tantos pensamientos llenaron mi mente que no fui capaz de hacer nada más que mirar ciegamente ante mí. Estaba sumergido en un mar de dudas y penosos recuerdos.

»Un poco más tarde me libré de mi perplejidad. Miré a mi alrededor confusamente. Fue así que contemplé un espectáculo tan extraordinario que por un rato apenas pude creer que no estaba aún envuelto en el ensoñador tumulto de mi propio pensamiento. Surgiendo del predominante verde había brotado un río ilimitado de esferas de suaves resplandores, cada una de ellas rodeada de un maravilloso mechón de nubes puras. Las mismas estaban tanto por encima como por debajo de mí, extendiéndose hasta una distancia desconocida; y no solo ocultaban al reluciente Sol Verde, sino que también producían un tierno brillo incandescente que inundaba de luz todo a mi alrededor, no asemejándose a nada que hubiese contemplado antes o después.

»En poco tiempo noté que existía una especie de transparencia alrededor de las esferas, casi como si estuviesen hechas de un cristal empañado dentro del cual ardiese un suave y sutil resplandor. Avanzaban más allá de donde yo estaba, flotando continua y lentamente; parecía más bien como si toda la eternidad las aguardara. Contemplé por largo tiempo, pero no pude observar el fin de las mismas. A veces me parecía distinguir rostros en medio de la nebulosa; pero eran extrañamente confusos, como si fueran en parte reales y en parte formaciones de niebla a través de la cual aparecían.

»Durante un largo tiempo esperé con paciencia, con una alegría creciente. Ya no tenía esa inenarrable sensación de soledad, sino que me sentía menos solo que durante tantos kalpas.[21] Esta sensación de satisfacción aumentó de tal manera que me habría contentado con flotar para siempre en compañía de esas esferas celestiales.

»Se sucedieron las edades y ahora con mayor frecuencia comenzaron a definirse los sombríos rostros con mayor claridad. Si esto se debía a que mi espíritu se había adaptado más a su nuevo ambiente no lo puedo saber, pero probablemente así debió ser. Pero cualquiera sea el caso, ahora estoy seguro de que era consciente de que un nuevo misterio me rodeaba, anunciándome que, en verdad, había penetrado en los límites de una región inimaginada; en un lugar sutil e intangible.

»El enorme torrente de esferas luminosas continuaba pasando a mi lado, a un ritmo sin variantes; eran incontables

---

21 Período inconmensurable de tiempo que en la mitología hindú representa un «día y una noche» de Brahma. Según algunos autores es un período de 4.320 millones de años. [T.]

millones y seguían llegando sin mostrar señales de acabar, o bien de disminuir su cantidad.

»Entonces, mientras era transportado silenciosamente sobre el ilimitado éter, sentí un repentino e irresistible movimiento que me empujaba hacia uno de los globos que pasaban. En un instante estuve a su lado. Luego me deslicé en su interior sin experimentar resistencia alguna. Por un corto tiempo no pude ver nada; y esperé, lleno de curiosidad.

»De repente, me di cuenta de que un ruido quebraba la inconcebible quietud. Era semejante al murmullo de un gran mar en calma, un mar que respiraba en sueños. Poco a poco la niebla que oscurecía mi vista empezó a diluirse; y así, con el transcurso del tiempo, mis ojos se posaron una vez más en la silenciosa superficie del Mar de los Sueños.

»Lo contemplé un rato y me costó creer a mis sentidos. Miré a mi alrededor. Un gran globo de pálido fuego flotaba como lo había visto antes, a corta distancia sobre el borroso horizonte. A mi izquierda, al otro lado del mar, descubrí una línea de tenue bruma, que supuse era la orilla donde mi Amada y yo nos habíamos encontrado, durante esos maravillosos períodos de vagabundeos espirituales que me habían sido otorgados en los viejos días de la Tierra.

»Un recuerdo me agitó al llegar a mi memoria, recordé a la Criatura Informe que acechaba en las orillas del Mar de los Sueños. El guardián de ese lugar silencioso y sin ecos. Recordé estos y otros detalles, y supe que estaba contemplando el mismo mar. Con esa seguridad y me sentí henchido de una sobrecogedora sensación de sorpresa y de alegría; esperé agitado, sabiendo que era posible que volviese a ver a mi Amada nuevamente. Miré a mi alrededor fijamente, pero no pude distinguir ningún rastro de ella. Me sentí impotente por un rato. Recé fervientemente, mientras buscaba con ansia... ¡Qué calmo estaba el mar!

»Debajo de su superficie podía ver las estelas de cambiante fuego que habían atraído mi atención anteriormente. Me pregunté qué las causaba, y también recordé que había sido mi intención preguntarle a mi Adorada sobre ellas, así como muchas otras cosas... pero me vi forzado a separarme de ella antes de poder decir siquiera la mitad de lo que hubiera deseado.

»Los recuerdos volvieron súbitamente a mí. Fui consciente de que algo me había tocado. Me giré rápidamente y ¡oh, Dios, Tú que eres verdaderamente Magnánimo! ¡Era Ella! Me miró a los ojos con gran ansiedad, y yo la contemplé con toda mi alma. Me hubiera gustado sostenerla en mis brazos, pero la pureza gloriosa de su rostro me mantuvo a distancia. Entonces, como surgiendo de la serpentínea niebla, extendió sus adorados brazos. Su voz llegó hasta mí como el murmullo de una nube pasajera. «Mi bienamado», dijo. Eso fue todo; pero yo la había oído, y un momento después la atraje hacia mí mientras elevaba una plegaria para toda la eternidad.

»En poco tiempo habló de muchas cosas, y de buena gana la hubiera escuchado por todas las eras por venir. A veces respondí con susurros, y mis susurros produjeron en su rostro espiritual un tinte indescriptiblemente delicado; era una vez más el florecimiento del amor. Más tarde pude hablar con mayor libertad, y ella escuchó cada una de mis palabras, y contestó de un modo tan encantador que puedo decir que me encontraba poco menos que en el Paraíso.

»Ella y yo; y nada más, salvo el silencioso e inconmensurable vacío para contemplarnos; y solo las tranquilas aguas del Mar de los Sueños para oírnos.

»Hacía ya mucho tiempo que la multitud de esferas, envueltas en nubes flotantes, habían desaparecido en la nada. Contemplábamos el rostro de las somnolientas profundidades, y estábamos solos. Solos. ¡Oh, Dios, desearía estar así de solo en el más allá, y al mismo tiempo sentir su compañía! La tenía a ella, y más que nada, ella me tenía a mí, lleno de Eternidad; y con éste y otros recuerdos pienso subsistir los pocos años que puedan quedarme.

# El Sol Oscuro

## XXI

»No puedo decir cuánto tiempo nuestras almas permanecieron en brazos de la alegría; pero de repente fui despertado bruscamente de mi felicidad por la disminución de la pálida y suave luz que iluminaba el Mar de los Sueños. Con el presentimiento de problemas inminentes, dirigí mi vista hacia el enorme orbe blanco. Uno de sus extremos estaba curvado hacia adentro, como si una sombra negra estuviese pasando sobre éste. Mi memoria regresó en el tiempo. Así fue como había llegado la oscuridad antes de nuestra última separación. Me dirigí a mi Amada como preguntándole. Con súbito dolor, noté cuán débil e irreal se había tornado en ese breve tiempo. Su voz parecía llegarme desde una gran distancia. El toque de sus manos era nada más que la suave caricia de una brisa veraniega, que se hizo cada vez menos perceptible.

»Casi la mitad del inmenso globo estaba cubierta por un negro sudario. La desesperación se apoderó de mí. ¿Era inminente nuestra separación una vez más? ¿Tendría ella que marcharse, como ya lo había hecho antes? La interrogué con ansiedad, casi con miedo; y ella, acercándose más, me explicó con una extraña voz que le era imperativo dejarme antes que el Sol de las Tinieblas —así lo denominó— borrara la luz del universo. Ante la confirmación de mis peores temores, la desesperación se apoderó de mí; y solo pude mirar calladamente a través de las quietas planicies del silencioso mar.

»Con qué rapidez se extendía la oscuridad sobre la faz del Orbe Blanco. Y sin embargo, ese tiempo debe de haber sido en realidad más largo que lo que la comprensión humana pueda siquiera sospechar.

»Por último, el Mar de los Sueños quedó iluminado solamente por una media luna de pálido fuego. Durante todo este tiempo. ella me había sostenido en sus brazos con una caricia tan suave que apenas era consciente de ella. Allí esperamos juntos, ella y yo, mudos a causa de la tremenda congoja. Su rostro se veía borroso en la luz menguante, fundiéndose con la crepuscular neblina que nos rodeaba.

»Luego, cuando solo una débil curva de suave luz era todo lo que iluminaba el mar, me soltó, apartándome tiernamente de su lado. Su voz resuena todavía en mis oídos diciéndome: "No me está permitido quedarme más, mi adorado", y acabó la frase con un sollozo.

»Ella parecía estar alejándose de mí, mientras se volvía invisible. Su voz me llegaba débilmente desde las sombras, pareciendo venir de una gran distancia...

»—Solo un instante... —y se desvaneció hacia lo remoto. Con un suspiro, el Mar de los Sueños se oscureció hasta convertirse en noche. Hacia la izquierda, a lo lejos, me pareció ver durante un momento un débil resplandor, que fue desvaneciéndose, y en ese mismo momento me di cuenta de que no me hallaba más en el tranquilo mar, sino que estaba de nuevo suspendido en el espacio infinito, con el Sol Verde ante mí… convertido ahora en una enorme esfera oscura.

»Totalmente acongojado, miraba casi sin ver el anillo de llamas verdes que surgían del oscuro borde. Sumergido en ese caos de pensamientos, sin embargo, me maravillaba sordamente ante sus extraordinarias formas. Una multitud de preguntas me asaltaron. Pensaba más en ella que en el espectáculo que se presentaba ante mis ojos. El dolor y los pensamientos sobre el futuro colmaban mi mente. ¿Estaría condenado a vivir separado de ella para siempre? Aun en los viejos días de la Tierra había sido mía solo por un corto tiempo; después me había dejado, así lo creí, para siempre. Desde entonces la vi solo unas pocas veces en el Mar de los Sueños.

»Un resentimiento feroz y una multitud de desdichadas preguntas se apoderaron de mí. ¿Por qué no me era posible estar con mi Amada? ¿Qué razón nos mantenía apartados? ¿Por qué tenía que esperar solo, mientras ella dormitaba a través de los años sobre el tranquilo Mar de los Sueños? ¡El Mar de los Sueños! Mis ideas se volvían inconsecuentes, surgiendo de sus canales de amargura para encontrar nuevos y desesperados interrogantes. ¿Dónde se hallaba ese tranquilo mar? Me parecía que recién acababa de separarme de mi Amada, sobre su tranquila superficie, y ya había desaparecido completamente. ¡No podía ser que estuviera tan lejos! ¡Y el Orbe Blanco que había visto oculto a la sombra del Sol de las Tinieblas! Mi vista se posaba sobre el eclipsado Sol Verde. ¿Qué lo había eclipsado? ¿Habría una enorme estrella muerta girando a su alrededor? ¿Sería el Sol *Central* —como había llegado a considerarlo— una estrella doble? El pensamiento había llegado espontáneamente; y sin embargo, ¿por qué no habría de ser así?

»Mis pensamientos volvieron al gran Orbe Blanco. Es extraño que hubiese sido... Me detuve. Se me había ocurrido una idea repentina. ¡El Orbe Blanco y el Sol Verde! ¿Serían acaso lo mismo? Mi imaginación sé remontó hacia el pasado y recordé el globo luminoso hacia el cual había sido atraído de forma tan inexplicable. Era curioso que me hubiera olvidado de él, aunque solo fuera momentáneamente. ¿Dónde estaban los otros? Volví a recordar el globo en el que había entrado. Pensé por un tiempo y todo se hizo más claro. Me di cuenta entonces de que, al penetrar en ese globo intangible, había pasado inmediatamente a alguna lejana y hasta entonces invisible dimensión. Allí el Sol Verde todavía era visible, pero como una estupenda esfera de pálida luz blanca; casi como si mostrara su espectro y no su parte material.

»Medité el asunto por un tiempo y recordé que al entrar en la esfera había perdido inmediatamente de vista las otras. Por un tiempo aún más largo, continué revolviendo los distintos detalles en mi mente.

»Más tarde, mis pensamientos se dirigieron hacia otros temas. Volví una vez más al presente y empecé a mirar a mi alrededor para ver todo lo posible. Por primera vez noté que innumerables rayos de una sutil tonalidad violácea atravesaban la extraña semioscuridad en todas direcciones. Los irradiaba el flamígero borde del Sol Verde. Parecían crecer en número ante mi vista, de tal modo que en poco tiempo vi que eran incontables. La noche se veía colmada por ellos, que se extendían en abanico hacia el exterior del Sol Verde. Deduje que me era posible verlos solamente gracias a que la magnificencia del sol había sido interrumpida por el eclipse. Llegaban hasta lo profundo del espacio, y allí se desvanecían.

»Mientras observaba, me di cuenta de que los rayos eran atravesados por finas puntas de luz de intenso brillo. Muchas parecían desplazarse desde el Sol Verde hacia la distancia. Otras surgían del vacío hacia el sol; pero sin excepción, cada una se mantenía estrictamente pegada al rayo en el cual viajaba. Su velocidad era inconcebible; y solo cuando se acercaban al Sol Verde, o cuando lo dejaban, las podía ver como separadas motas de luz. Al alejarse del sol se convertían en delgadas líneas de vívido fuego dentro del color violeta.

»El descubrimiento de estos rayos y de las chispas en movimiento me interesaba muchísimo. ¿Adónde iban en tan infinita profusión? Pensé en los mundos del espacio... ¡Y estas chispas! ¡Eran mensajeros! Posiblemente la idea era fantástica, pero yo no creía así. ¡Mensajeros! ¡Mensajeros del Sol Central!

»Una idea empezó a acentuarse intensamente. ¿Sería el Sol Verde la morada de una vasta Inteligencia? La idea era apasionante. Tuve vagas Visiones Inexplicables. ¿Habría encontrado verdaderamente la morada de lo Eterno? Por un tiempo rechacé el pensamiento mudo de asombro. Era demasiado estupendo. Y sin embargo...

»Vastos y vagos pensamientos nacieron en mí. Me sentí terriblemente indefenso. Y una horrenda Presencia cercana se apoderó de mí.

»¡Y el Cielo!... ¿Sería una ilusión?

»Los pensamientos iban y venían erráticamente. ¡El Mar de los Sueños... y Ella! El Cielo.... de un salto regresé al presente. En algún lugar del vacío a mis espaldas, un enorme cuerpo oscuro se precipitaba enorme y silencioso. Era una estrella muerta que se lanzaba hacia el cementerio estelar. Se interpuso entre mí y los Soles Centrales, borrándolos de mi vista y sumergiéndome en una noche impenetrable.

»Transcurrió mucho tiempo y volví a ver los rayos violetas. Más tarde —deben haber pasado eones— un resplandor circular creció en el cielo y divisé el borde de la estrella que se alejaba aparecer oscuramente contra él. Así supe que se estaba acercando a los Soles Centrales. Luego vi al brillante anillo del Sol Verde mostrarse claramente contra la noche. La estrella se había hundido en la sombra del Sol Muerto. Después de eso, solo me restó esperar. Los años pasaban lentamente, y yo siempre mantenía la atención.

»Lo que había esperado sucedió por fin, horriblemente. Una vasta llamarada de enceguecedora luz. Un torrente de llamas blancas se lanzó a través del oscuro vacío. Durante un tiempo indefinido se elevó hacía afuera como un gigantesco hongo de fuego. Luego cesó de crecer y, mientras el tiempo transcurría, empezó a caer hacia atrás con lentitud. Después vi que provenía de una enorme mancha incandescente situada cerca del centro del Sol Oscuro. Poderosas llamas se elevaban todavía desde él; y sin embargo, a pesar de su tamaño, la tumba de la estrella no significaba más que el brillo de Júpiter sobre la faz del océano, cuando se la compara con la masa inconcebible del Sol Oscuro.

»Quisiera hacer notar aquí, una vez más, que ninguna palabra llegará alguna vez a transmitir la imagen del enorme volumen de los dos Soles Centrales.

# La nebulosa oscura

## XXII

»Los años se fundieron en un pasado de siglos y eones. La luz de la estrella incandescente disminuyó hasta tornarse de intenso púrpura.

»Fue más tarde que vi la nebulosa oscura; al principio como una impalpable nube a mi derecha. Luego fue creciendo, hasta convertirse en un cúmulo de tinieblas en la noche. Es imposible decir cuánto tiempo estuve observando; pues el tiempo, tal como lo contamos, era cosa del pasado. Se acercó más; era un informe monstruo de tinieblas, algo tremendo. Parecía deslizarse aletargada a través de la noche, como una verdadera niebla infernal. Se aproximó con lentitud y cruzó el vacío entre los soles centrales y yo. Era como si hubiesen corrido un telón ante mi vista. Un extraño temblor se apoderó de mí, al mismo tiempo que sentía un nuevo motivo de asombro.

»El crepúsculo verde que reinó durante tantos millones de años había dado paso a una lobreguez impenetrable. Inmóvil, escudriñaba a mi alrededor. Un siglo pasó velozmente y me pareció detectar opacos y ocasionales resplandores rojos, que cruzaban intermitentes a mi lado.

»Contemplaba todo intensamente y me pareció ver surgir dentro de las oscuras nebulosas unas masas circulares de color carmesí. Parecían salir de la impenetrable oscuridad. Tras un corto tiempo, mi vista se acostumbró y pude verlas con más nitidez. Eran unas esferas de tintes rojizos, similares en tamaño a los globos luminosos que había visto hacia ya mucho tiempo.

»Pasaban flotando a mi lado. Poco a poco una extraña inquietud se apoderó de mí y sentí una creciente repugnancia. Esta sensación estaba dirigida hacia esas esferas y parecía nacer más del conocimiento intuitivo que de cualquier otra cosa o razón real.

»Algunos de los globos eran más brillantes que los otros; y fue desde uno de esos que apareció repentinamente un rostro. Era una faz de contornos humanos, pero tan torturada por la pena que me quedé mirándola pasmado. No sospechaba que existiera una pena tan grande como la que vi reflejada en esa cara. Fui consciente del motivo del dolor, al notar que los ojos, que tan vivamente resplandecían, eran ciegos. Los vi durante un instante más y luego desaparecieron en la oscuridad circundante. Después pude ver otros, y todos tenían esa ciega mirada de impotente pena.

»Pasó un tiempo, y me di cuenta de que me hallaba más cerca que nunca de las esferas. Esto me inquietó, aunque el temor que sentía a esos extraños globos había disminuido al ver a sus afligidos habitantes; la compasión había mitigado el miedo.

»Más tarde, ya no tuve dudas de que era llevado a la cercanía de las esferas rojas e inmediatamente me encontré flotando en medio de ellas. Un largo tiempo después noté que una de ellas se acercaba hacia mí. Me sentía impotente de apartarme de su camino. En un instante estuvo sobre mí y me encontré sumergido en una densa y roja bruma, que se fue aclarando lentamente. Y me hallé mirando confundido la inmensa extensión de la Planicie del Silencio. Estaba exactamente igual que como la había visto la primera vez. Me desplazaba firmemente a través de su superficie. A lo lejos brillaba el enorme anillo sangrante[22] que iluminaba el lugar. Alrededor se extendía la espantosa desolación, la gran quietud que tanto me había impresionado durante mi viaje sobre su terrible desnudez.

»Inmediatamente vi surgir de la bruma purpúrea los distantes picos del imponente anfiteatro de montañas, desde donde incontables eones antes había vislumbrado por primera vez los terrores que subyacen en muchas cosas; y donde se yergue la enorme y silenciosa réplica de esta casa de misterios, vigilada por un millar de dioses mudos, y a la que he visto devorada por ese fuego infernal, antes que la Tierra rozara el sol y desapareciera para siempre.

»Aunque podía divisar la cresta del anfiteatro montañoso, pasó mucho tiempo antes de que pudiera ver la base de las montañas. Posiblemente se debiera a la extraña y rojiza bruma que parecía estar adherida al suelo de la Planicie. Sin embargo, sea como fuere, por fin pude verlas.

---

22 Sin duda, el borde flamígero de la masa del Sol Central Muerto, visto desde otra dimensión. [Ed.]

»Durante el transcurso de un tiempo aún más largo, me acerqué tanto a ellas que parecieron colgar sobre mí. Enseguida vi abrirse la gran garganta y, sin pretenderlo yo, floté hacia ella.

»Más tarde salí a la gran extensión de la enorme Arena. Allí, a una distancia de unas cinco millas se elevaba la monstruosa y silenciosa Casa, situada en el centro mismo de ese grandioso anfiteatro. Hasta donde alcanzaba a ver no había sido alterada de ninguna forma, sino que parecía como si hubiese sido ayer que la hubiese visto por última vez. A su alrededor, las oscuras y siniestras montañas me contemplaban severas desde su elevado silencio.

»A mi derecha, asomándose entre los picos inaccesibles, se hallaba la enorme mole del Gran Dios-Asno. Más alto, vi la horrenda forma de la temida diosa flotando en la roja tiniebla a miles de brazas sobre mí. A mi izquierda, pude distinguir la gris e inescrutable Criatura Sin Ojos. Más lejos, reclinada sobre su elevada cornisa, mostraba su lívida y horrenda forma el Gul. Se veían como un caleidoscopio de colores siniestros en medio de las oscuras montañas.

»Me desplazaba lentamente, flotando a través de la gran Arena. Mientras lo hacía, distinguí las borrosas siluetas de muchos de los otros Horrores Acechantes que poblaban esas alturas supremas.

»Me acerqué a la Casa poco a poco y mis pensamientos salvaron rápidamente el abismo de los años que me separaban del pasado. Recordaba al temido Espectro del Lugar. Transcurrió un corto tiempo y vi que era conducido directamente hacia la masa enorme de ese silencioso edificio.

»Fue entonces que noté de un modo indiferente, que una creciente insensibilidad estaba limitando mi miedo, que de otra forma hubiera sentido al aproximarme a esa pavorosa Mole. De esta manera veía todo calmosamente, cómo un hombre puede ver un desastre a través del humo de su cigarro.

»Me había acercado tanto a la Casa que podía distinguir muchos de sus detalles. Más la miraba, más se confirmaban mis anteriores impresiones sobre su completa similitud con la extraña casa en que vivo. A no ser por su enorme tamaño, no podía hallar nada que fuese diferente.

»Mientras observaba, un gran asombro llenó mi ser. Había llegado frente al lugar donde se hallaba la puerta que conducía al estudio. Allí, exactamente en el umbral, había un gran trozo de piedra, idéntico —excepto en el tamaño y el color— al trozo que se había desprendido en mi lucha con las criaturas del Foso.

»Al irme acercando, mi asombro aumentó al notar que la puerta estaba parcialmente desprendida de sus bisagras, precisamente de la manera en que la de mi estudio había sido forzada hacia adentro cuando el asalto de los Cerdos. El espectáculo me generó un torrente de pensamientos y comencé a sospechar, vagamente, que el ataque contra esta casa podría tener un significado más profundo que el que había imaginado hasta ese momento. Recordé que mucho tiempo atrás, en los viejos días de la Tierra, había intuido que, de alguna manera inexplicable, esta casa en la que vivo está *en rapport* —por usar un término reconocido— con la otra tremenda estructura en el medio de esa incomparable Planicie.

»Ahora, sin embargo, comencé a entender que apenas había concebido vagamente lo que significaba la real confirmación de mi sospecha. Empecé a comprender con claridad sobrehumana que el ataque que había rechazado estaba conectado, de alguna manera extraordinaria, con un ataque contra este extraño edificio.

»Mis pensamientos se alejaron abruptamente del asunto, para meditar inquisitivamente sobre el peculiar material en que estaba construida la Casa. Era —como ya he mencionado anteriormente— de un intenso color verde. Sin embargo, cuando me acerqué más, percibí que por momentos fluctuaba, aunque débilmente; brillando y desvaneciéndose como lo hacen los vapores del fósforo, cuando se frotan con la mano en la oscuridad.

»De inmediato mi atención se distrajo al llegar a la gran entrada. Allí, por primera vez, sentí miedo, porque repentinamente, las enormes puertas se abrieron girando sobre sus goznes y penetré por ellas, incapaz de detener mi flotante marcha. En el interior había una oscuridad impalpable. En un instante crucé el umbral y las grandes puertas se cerraron silenciosas, encerrándome en ese lugar sin luz.

»Por un tiempo me pareció estar suspendido inmóvil en medio de la oscuridad. Luego sentí que me movía de nuevo, no podía decir hacia dónde. De repente, debajo de mí, me pareció escuchar el sonido chirriante de carcajadas porcinas. Poco a poco se alejaron, dejando un silencio preñado de horror.

»Entonces, en algún lugar delante de mí, se abrió una puerta; una blanca bruma de luz se filtró y floté lentamente dentro de una habitación que me pareció vagamente familiar. De repente se oyó una algarabía de chillidos que me ensordeció. Entonces una borrosa sucesión de visiones aparecieron ante mis ojos. Mis sentidos quedaron aturdidos durante un inacabable momento. Luego recobré la vista y, al pasárseme el mareo, pude ver con claridad.

# ‹ Pepper ›

## XXIII

»Me encontré de nuevo sentado en el sillón del viejo estudio. Mi mirada vagó por la habitación. Durante un instante tuvo una apariencia extraña y temblorosa, parecía irreal e insustancial. El efecto se disipó y vi que nada se había alterado. Miré hacia la ventana del fondo y advertí que la persiana estaba levantada.

»Me incorporé de manera vacilante. Y cuando lo hice escuché un leve ruido cerca de la puerta. Miré hacia allí y, por un corto instante, me pareció que se estaba cerrando con suavidad. Fijé la mirada, probablemente me había equivocado. Parecía estar bien cerrada.

»A través de grandes esfuerzos me encaminé a la ventana y miré afuera. El sol apenas salía, iluminando la enmarañada soledad de los jardines. Me quedé mirando tal vez un minuto, y confundido me pasé la mano por la frente.

»En ese momento, entre el caos de mis sensaciones, tuve un repentino pensamiento; me di vuelta rápidamente y llamé a *Pepper*. No obtuve respuesta y tambaleante crucé la habitación con un acceso de temor. Mientras lo hacía, traté de articular su nombre, pero mis labios estaban paralizados. Alcancé la mesa y me agaché con un vuelco en el corazón. El perro yacía a la sombra de la mesa y no era posible verlo desde la ventana. Cuando me agaché contuve el aliento. *Pepper* ya no existía; estaba extendiendo mi mano hacia un alargado y pequeño montículo de polvo gris parecido a ceniza...

»Debo haber permanecido en cuclillas por algunos minutos. Estaba aturdido y pasmado. *Pepper* había partido al país de las sombras.

# Los pasos en el jardín

## XXIV

»¡*Pepper* estaba muerto! Aún hoy, a veces soy incapaz de aceptarlo. Han pasado varias semanas desde que regresé de aquel extraño y terrible viaje a través del tiempo y del espacio. Algunas veces, mientras sueño, recuerdo el espantoso evento desde el principio hasta el fin. Cuando despierto parece como si mis pensamientos quisieran aferrarse a él. Ese Sol... aquellos Soles, ¿serían en verdad los grandes Soles Centrales alrededor de los cuales el universo entero, los cielos desconocidos, giran? ¿Quién puede decirlo? ¿Y los brillantes globos que giran eternamente en el haz de luz del Sol Verde? ¡Y el Mar de los Sueños sobre el que flotan! ¡Qué increíble es todo eso! Si no fuera por *Pepper*, me inclinaría a pensar que todo no ha sido nada más que un grandioso sueño. A pesar de haber sido testigo de tantos extraordinarios sucesos, me inclinaría por esta afirmación. Además estaba la temible y oscura nebulosa (con su multitud de esferas rojas) desplazándose a la sombra del Sol Oscuro y girando en su estupenda órbita, eternamente rodeada de tinieblas.

¡Y esos rostros que me espiaban! ¿Oh, Dios, es posible que tales cosas existan realmente?... Y aún resta considerar este pequeño montículo de ceniza gris sobre el suelo del estudio. No me atrevo a tocarlo, ni permito que nadie lo haga.

»A veces, cuando me siento más tranquilo me pregunto qué les habrá sucedido a los planetas exteriores del Sistema Solar. Se me ocurre que se deben haber desprendido de la atracción del sol, desapareciendo en el espacio. Es, por supuesto, una conjetura. Existen tantas cosas acerca de las cuales continúo hoy maravillándome.

»Ahora que me he puesto a escribir, permítanme dejar bien sentado que estoy completamente seguro de que algo horrible va a suceder. Anoche ocurrió algo que ha llenado de terror mi alma, quizá más que el miedo inspirado por el Foso. Lo pondré ahora por escrito, y si algo más sucede, me esforzaré por anotarlo inmediatamente. Tengo la sensación de que este último asunto es más importante que todos los otros. Aún me siento vacilante y nervioso mientras escribo esto. Por alguna razón intuyo que la muerte no está muy lejos. No es que la tema, por lo menos a lo que entendemos por muerte. Sin embargo, hay algo en el aire que me produce temor… un horror frío e inasible. Lo sentí la última noche. Ocurrió de esta manera:

»La noche anterior me encontraba sentado en mi estudio escribiendo. La puerta que daba al jardín estaba entreabierta. A veces escuchaba el débil tintineo metálico que producía la cadena del perro, del perro que he comprado luego de la muerte de *Pepper*. No lo tengo en la casa… no después de *Pepper*. Con todo, me pareció mejor tenerlo. Son unas criaturas maravillosas.

»Estaba muy absorto en mi tarea y el tiempo pasaba rápidamente. De pronto oí un débil ruido en el sendero del jardín... pat, pat, pat, produciendo un curioso y furtivo sonido. Me incorporé en la silla con un rápido movimiento y miré por la puerta abierta. Volvió a oírse el sonido... pat, pat, pat. Parecía estar acercándose. Quedé mirando hacia los jardines con una leve intranquilidad, pero la oscuridad de la noche ocultaba todo.

»Entonces el perro lanzó un prolongado aullido que me sobresaltó. Durante un minuto, tal vez, espié atentamente; pero no pude ver ni oír nada. Después de un tiempo alcé la pluma que había dejado en mi escritorio y continué con mi tarea. Los nervios habían desaparecido, pues imaginé que el sonido oído no era otra cosa que el producido por el perro caminando alrededor de su caseta hasta llegar al límite de su cadena.

»Posiblemente pasó un cuarto de hora; y, luego, de repente el perro volvió a aullar de una manera tan quejumbrosamente dolorosa que me puse de pie de un salto, arrojando la pluma y produciendo un manchón sobre el papel en que me hallaba escribiendo.

»—¡Maldito perro! —murmuré al ver la mancha.

»En ese mismo instante, se volvió a oír ese curioso... pat, pat, pat. Estaba horriblemente cerca, casi junto a la puerta. Ahora sabía que no podía tratarse del perro, pues la cadena no le permitía llegar tan cerca de la casa.

»Volvió a oírse el gruñido del perro y noté, de manera subconsciente, que había una nota de miedo en ese gruñido.

»Afuera, sobre el borde de la ventana podía ver a *Tip*, el gato de mi hermana. Mientras lo miraba, se incorporó de un brinco, hinchando visiblemente su cola. Quedó así durante un instante, mirando con atención hacia la puerta. Luego comenzó a retroceder con rapidez por el borde hasta que, alcanzando el muro del fondo, no pudo ir más lejos. Allí se quedó rígido, extraordinariamente paralizado por el terror.

»Perplejo y asustado, cogí un bastón que estaba en el rincón y me encaminé en silencio hacia la puerta, llevando conmigo una de las velas. Estaba junto a ella cuando un súbito escalofrío de pavor me corrió por el cuerpo. Tan intenso fue el sentimiento que sin perder tiempo retrocedí con rapidez, manteniendo la vista temblorosa hacia la puerta. Me habría gustado correr y cerrarla de un golpe, asegurando los cerrojos, pues la había hecho reparar y reforzar de tal modo que ahora era mucho más resistente que antes. Imitando a *Tip*, continué retrocediendo casi inconscientemente, hasta que la pared me detuvo. Me sobresalté nerviosamente y miré a mi alrededor con aprensión. Cuando lo hice, mis ojos se posaron durante un momento sobre el armero y di un paso hacia él; pero me detuvo el extraño presentimiento de que sería inútil. Afuera, en los jardines, el perro seguía gimiendo atemorizado.

»Repentinamente, el gato lanzó un chillido feroz y prolongado. Miré con brusquedad en esa dirección… Algo luminoso y fantasmal lo estaba rodeando e iba haciéndose paulatinamente visible. Así poco a poco fue transformándose en una mano resplandeciente, transparente, sobre la que brillaba centelleante una especie de llama verdosa. El gato lanzó un horrible maullido final y le vi convertirse en una masa de humo y llamas. Me apoyé en la pared con la respiración entrecortada. Sobre *aquella* parte de la ventana se extendía una mancha de fantástico color verde. Ocultaba mi vista un resplandor de fuego que brillaba opacamente a través de la ventana. Un olor a quemado se introdujo en la habitación.

»—Pat, pat, pat… algo avanzaba por el camino del jardín y un tenue y mohoso olor parecía entrar por la puerta abierta, mezclándose con el olor a quemado.

»El perro había estado silencioso por unos momentos. Ahora lo oía aullar como si estuviera bajo los efectos de un dolor terrible. Luego se quedó callado, salvo un ocasional y apagado gemido de miedo.

»Debieron pasar algunos minutos. Luego la puerta que se hallaba al oeste se cerró violentamente. Después no se oyó nada, ni siquiera el quejido del perro.

»Debí quedarme ahí algunos minutos. Después sentí renacer el valor en mi corazón; me lancé precipitadamente hacia la puerta y la cerré con violencia, corriendo los cerrojos. Luego me senté, mirando fijamente hacia adelante, con rigidez, casi media hora.

»Con lentitud recobré el uso de los miembros y me dirigí tambaleante al dormitorio en la planta superior.

»Eso es todo.

# La Criatura de la Arena

## XXV

»Esta mañana, muy temprano, registré los jardines; pero como de costumbre no pude encontrar nada. Examiné el sendero cerca de la puerta buscando huellas; sin embargo, allí tampoco hallé nada que me indicara si había soñado o no la noche anterior.

»Fue solamente cuando fui en busca del perro que descubrí una prueba tangible de que algo había sucedido. Cuando llegué a su caseta se mantuvo en el interior, acurrucado en un rincón, y tuve que alentarlo para que saliera. Cuando finalmente accedió, lo hizo de una manera extrañamente temerosa y mansa. Mientras lo palmeaba cariñosamente, atrajo mi atención un parche verdusco en el flanco izquierdo. Al examinarlo descubrí que el pelo y la piel habían sido aparentemente quemados; se veía la carne viva y chamuscada. La forma de la marca era curiosa y me recordó la impresión de una enorme garra o mano.

»Me puse de pie pensativamente, mientras mi mirada vagaba por la ventana del estudio. Los rayos del sol naciente resplandecían sobre una mancha ennegrecida y humeante en el ángulo inferior, haciendo que la luz fluctuara del verde al rojo. ¡Ah!, se trataba indudablemente de una prueba; y en forma repentina el horrible Ser que había visto la noche anterior surgió en mi recuerdo. Volví a mirar al perro. Ahora sabía la causa de esa abominable herida en el costado, ahora sabía que lo que había visto anoche era algo real. Un gran desconsuelo llenó todo mi ser. *¡Pepper! ¡Tip!* ¡Y ahora este pobre animal...! Volví a mirarlo y noté que se estaba lamiendo la herida.

»—Pobre animal —murmuré, y me incliné para acariciarle la cabeza. El pobre se incorporó, lamiéndome tristemente la mano.

»Luego tuve que dejarlo, pues tenía otros asuntos que atender.

»Después del almuerzo volví a verlo. Parecía tranquilo y sin ganas de salir de la caseta. Me enteré por mi hermana que se había negado a comer durante todo el día. Cuando me lo dijo, parecía estar un poco intrigada, aunque totalmente ignorante de lo que podía provocarle temor.

»El día pasó sin acontecimientos dignos de mención. Después de la merienda volví a salir para echar una mirada al perro. Parecía tener rachas de melancolía y estar algo inquieto; pero sin embargo persistía en quedarse dentro de su caseta. Antes de cerrar todo con llave durante la noche, alejé la caseta de la pared para poder vigilarla desde la ventana pequeña. Se me ocurrió la idea de hacerlo entrar en la casa para que pasara la noche conmigo. Pero después de pensarlo, decidí dejarlo afuera. No puedo afirmar que la casa sea menos peligrosa que los jardines. *Pepper* estaba dentro de la casa, y sin embargo...

»Son las dos. Desde las ocho he estado vigilando la caseta desde la pequeña ventana de mi estudio. No ha ocurrido nada todavía y estoy demasiado cansado para vigilar. Creo que me iré a dormir...

»Durante la noche me sentí inquieto. Esto es inusual en mí; pero a la mañana pude dormir unas cuantas horas.

»Me levanté temprano y, después del desayuno, visité al perro. Estaba tranquilo pero hosco y se negó a dejar la caseta. Desearía que hubiera algún veterinario cerca para hacer examinar al pobre animal. No ha comido nada en todo el día; pero ha mostrado un deseo evidente por el agua, lamiéndola golosamente. Esto me hizo sentir aliviado.

»Ha llegado la noche y estoy en mi estudio. Tengo la intención de continuar mi plan de anoche, y vigilar la caseta. La puerta que lleva al jardín está bien asegurada. Estoy muy contento de que las ventanas tengan barrotes...

»Es tarde... ha pasado medianoche. El perro se ha callado. A través de la ventana de mi izquierda puedo distinguir borrosamente la silueta de la caseta. El animal se mueve por primera vez y oigo el rechinar de su cadena. Me asomo rápidamente. Cuando miro, el perro vuelve a removerse inquieto y veo una pequeña partícula de luz brillante destellar en el interior de la caseta. Se desvanece; luego el perro vuelve a moverse, y una vez más aparece el resplandor. Estoy intrigado. El perro está ahora tranquilo y puedo ver el punto luminoso con claridad. Aparece nítidamente. Hay algo familiar en su forma. Me pongo a pensar por un momento y reparo en el hecho de que no es muy diferente a los cuatro dedos y el pulgar de una mano. ¡Como una mano! Entonces recuerdo el contorno de esa horrible herida en el costado del perro. Debe ser la herida lo que veo. Se ilumina con la noche. ¿Por qué? Pasan los minutos. Mi mente se colma con esta nueva maravilla...

»Repentinamente oigo un ruido en los jardines. Mi cuerpo se estremece. Algo se está aproximando. Pat, pat, pat. Una sensación punzante me corre por el cuerpo y parece llegar hasta mi cuero cabelludo. El perro se mueve dentro de su caseta y gime asustado. Debe haberse dado vuelta, pues ya no puede ver más el perfil de su brillante herida.

»Afuera los jardines están callados una vez más y prestó atención con un poco de miedo. Pasa un minuto, luego otro; entonces escucho nuevamente el pesado ruido. Está muy cerca y parece estar bajando por el sendero pedregoso. El ruido es curiosamente mesurado y deliberado. Cuando llega frente a la puerta, cesa; me pongo de pie y me quedo inmóvil. Se oye un ruido leve desde la puerta, como si alguien estuviera alzando lentamente el picaporte. Siento un ruido cantante en mis oídos y una extraña opresión en la cabeza...

»El picaporte cae, produciendo un agudo clic dentro de la cerradura. Ese ruido vuelve a sobresaltarme, crispando mis tensos nervios. Después de eso me quedo un largo tiempo de pie, envuelto en el silencio siempre creciente. De repente me empiezan a temblar las rodillas y tengo que sentarme.

»Transcurre un tiempo indefinido y poco a poco comienzo a librarme del terror pánico que me había poseído. Sin embargo, permanezco sentado. Parece que hubiera perdido la facultad de moverme. Me siento extrañamente cansado y con deseos de dormir. Mis ojos no pueden mantenerse abiertos e inmediatamente caigo en un profundo sueño, del cual me despierto a cada rato, para volver a caer en él intermitentemente.

»Algún tiempo más tarde, en medio de mi somnolencia, me doy cuenta de que una de las velas se está apagando. Cuando vuelvo a despertarme ya se ha apagado y el cuarto está muy sombrío bajo la luz de la llama restante. La semioscuridad me preocupa poco. He perdido el poderoso sentido del miedo y mi único deseo parece ser dormir... dormir...

»Súbitamente, aun cuando no hay ruidos, me despierto por completo. Siento intensamente una cercanía misteriosa, una Presencia abrumadora. El aire mismo parece estar preñado de terror. Me incorporo en la silla y solo atino a escuchar. Sin embargo, no se oyen ruidos. La naturaleza misma parece estar muerta. Entonces el opresivo silencio es quebrado por el aullido espeluznante del viento, que azota la casa y se desvanece en la lejanía.

»Dejo que mi mirada se pasee por la habitación semiiluminada. En el rincón lejano, junto al gran reloj, hay una oscura y alta sombra. La miro con temor por un instante, pero luego noto que es tan solo una sombra más y me siento momentáneamente aliviado.

»En los momentos siguientes me pasa por la mente una pregunta insoslayable, ¿por qué no dejo esta casa, esta casa de misterio y de terror? Luego, como respondiendo esa pregunta surge ante mi vista la visión del portentoso Mar de los Sueños..., el Mar de los Sueños donde Ella y yo pudimos encontrarnos después de tantos años de separación y de dolor; y sé que me quedaré aquí suceda lo que suceda.

»A través de la ventana lateral puedo notar la sombría negrura de la noche. Mi vista se aleja de ella para pasear alrededor de la habitación, posándose sobre uno que otro objeto en sombras. Me vuelvo repentinamente para mirar la ventana que está a mi derecha; al hacerlo mi respiración se acelera y me inclino hacia adelante con la mirada aterrada ante lo que se presenta fuera de la ventana, muy cerca de los barrotes. Es un rostro enorme y nebuloso de cerdo, sobre el que fluctúa una flameante llama verdosa. Es la Criatura de la Arena. Sus estremecedoras fauces parecen gotear una permanente baba fosforescente. Sus ojos parecen mirar fijamente el cuarto con expresión inescrutable. Me quedé allí sentado... paralizado...

»La Criatura ha comenzado a moverse y está girando lentamente hacia mí. Su rostro me mira. Dos enormes e inhumanos ojos me contemplan a través de la semioscuridad. Siento un terror helado; sin embargo ahora estoy muy consciente, y noto, de un modo casi indiferente, que las estrellas lejanas están oscurecidas por la masa del gigantesco rostro.

»Un nuevo horror se ha apoderado de mí. Me levanto de la silla sin proponérmelo. Estoy de pie y me siento empujado hacia la puerta que da a los jardines. Quiero detenerme, pero no puedo. Un poder inmutable se opone a mi voluntad y me dirijo lentamente hacia adelante, tratando de resistir el impulso. Mi mirada vuela impotente alrededor de la habitación y se detiene en la ventana. La gran cara porcina ha desaparecido y vuelvo a oír ese pesado y furtivo pat, pat,

pat, que se detiene frente a la puerta. La puerta hacia la cual estoy siendo impulsado...

»Se produce un corto e intenso silencio, seguido de un ruido. Es el traqueteo del pestillo al ser levantado lentamente. Me siento lleno de desesperación. No quiero dar un paso más. Hago un esfuerzo enorme para retroceder, pero es como si empujara contra una pared invisible. Me quejo en voz alta. El terror agónico hace escapar de mi garganta un gemido tan horrible que me causa espanto. Otra vez se oye el traqueteo y me siento empapado de un sudor frío. Trato —¡ay!— de luchar, de luchar para retroceder, retroceder; pero es inútil...

»Estoy frente a la puerta y, de un modo mecánico, observo que mi mano se extiende para descorrer el cerrojo superior. Y así lo hace, completamente alejada de mi voluntad. En el instante en que me estiro hacia el cerrojo, la puerta es sacudida violentamente y percibo una bocanada de nauseabundo aire húmedo, que parece penetrar a través de los resquicios de la puerta. Descorro el cerrojo con lentitud, luchando sordamente todo el tiempo. Sale de su encastre con un ruido seco y empiezo a temblar con escalofríos de terror. Hay dos cerrojos más, uno en la parte inferior y otro macizo situado en el medio.

»Tal vez durante un minuto me quedo con los brazos flojos a mi costado. La compulsión de abrir los cerrojos parece haber desaparecido. De repente se oye un rechinar de hierro a mis pies. Miro rápidamente hacia abajo y me doy cuenta, con indescriptible terror, de que estoy descorriendo el cerrojo inferior con un pie. Una horrible impotencia me asalta... El cerrojo salta de su corredera produciendo un ruido leve, pero nítido, y vacilante me aferro al cerrojo central en busca de apoyo. Transcurre un minuto, casi una eternidad; luego otro... ¡Dios mío, ayúdame! Estoy siendo forzado a descorrer la última traba. *¡No quiero hacerlo!* Mejor morir que dejar entrar al Horror que acecha tras la puerta. ¿Es que no hay ningún escape?... ¡Dios mío, ayúdame, ya he descorrido el cerrojo por la mitad! Mis labios emiten un ronco alarido de terror. La traba se encuentra fuera en sus tres cuartas partes y mis manos inconscientes siguen precipitando mi eterna condena. Ahora solo existe un trozo de acero entre mi alma y *Eso*. Grito dos veces en la agonía del miedo; y luego, con un esfuerzo enloquecido arranco mis manos del cerrojo. Me parece estar enceguecido. Una gran oscuridad cae sobre mí. La Creación ha acudido a rescatarme. Siento que mis rodillas se doblan. Se oye un fuerte y rápido ruido de pasos en el suelo, y me siento caer, caer, caer...

»Debo haber permanecido en ese estado por lo menos un par de horas. Cuando me recobro, noto que la otra vela se ha extinguido y que el cuarto está sumido en una oscuridad casi total. No puedo ponerme de pie, pues estoy helado y entumecido. Mi mente está despegada, y ya no siento la presión de esa demoníaca influencia.

»Me incorporo con mucho cuidado y busco a tientas la traba central. La encuentro y la aseguro lo mejor que puedo; luego hago lo mismo con la de la parte baja de la puerta. Para entonces ya puedo levantarme y asegurar el cerrojo superior. Después vuelvo a caer de rodillas y me arrastro entre los muebles en dirección a las escaleras. De esta manera me siento protegido de las miradas malévolas de la ventana.

»Llego a la puerta opuesta y, al salir del estudio, lanzo una mirada nerviosa por sobre el hombro hacia la ventana. Afuera, en la noche, me parece vislumbrar algo impalpable, pero es posible que solo sea mi imaginación. Luego ya me encuentro en el corredor y las escaleras.

»Al llegar al dormitorio, me arrojo en la cama completamente vestido y me cubro la cabeza con las mantas. Allí, después de un rato, empiezo a recobrar un poco de confianza. Es imposible dormir, pero estoy agradecido del calor extra de las frazadas. Inmediatamente trato de meditar sobre los sucesos de la noche pasada; pero aunque no puedo conciliar el sueño, me resulta inútil tratar de pensar con coherencia. Mi mente está en blanco.

»Hacia la mañana empiezo a dar vueltas en la cama, inquieto. No puedo descansar y, después de cierto tiempo, me levanto del lecho y empiezo a pasearme por la habitación. El amanecer invernal está comenzando a colarse por las ventanas, mostrando la total falta de comodidades del viejo cuarto. Es extraño, pero en todos estos años jamás se me ha ocurrido pensar en lo lúgubre que es realmente esta casa. Y así transcurre un tiempo.

»Desde un lugar en la planta baja me llega un ruido. Voy a la puerta del dormitorio y escucho más atentamente. Es Mary, atareada con la grande y vetusta cocina preparando nuestro desayuno. La idea me interesa poco. No tengo hambre. Mis pensamientos, sin embargo, continúan fijos en ella. Qué poco la han perturbado los eventos de la casa.

Excepto en el incidente de las criaturas del Foso, parece inconsciente de que algo inusual ha ocurrido. Es vieja como yo; y sin embargo qué poco tenemos en común uno con el otro… ¿Será que no tenemos nada en común, o bien que a los viejos nos interesa más la tranquilidad que la compañía? Mientras medito, estos y otros asuntos pasan por mi mente y me ayudan a distraer la atención de los abrumadores pensamientos de la noche.

»Después de un tiempo voy a la ventana y, abriéndola, me asomo. El sol está ahora sobre el horizonte y el aire, aunque frío, es dulce y refrescante. Poco a poco se me aclara la mente y una sensación de seguridad me inunda, haciéndome sentir más feliz. Entonces desciendo a la planta baja y salgo a los jardines a ver al perro.

»Cuando me acerco a la caseta, siento el mismo húmedo hedor que me asaltó en la puerta la noche anterior. Alejo momentáneamente la sensación de miedo y llamo al perro; pero no me hace caso y, después llamarlo de nuevo, arrojo un guijarro dentro de la caseta. El perro se mueve inquieto y vuelvo a gritar su nombre; pero no me acerco. Luego sale mi hermana y se une a mis esfuerzos para hacerlo salir de la caseta.

»A poco, el pobre animal se incorpora y sale vacilante, actuando de forma extraña. A la luz del día, se queda oscilando de un lado a otro y parpadeando estúpidamente. Lo observo y noto que la enorme herida es cada vez más grande y parece haber adquirido un aspecto blanquecino y mohoso. Mi hermana comienza a acariciarle; pero la detengo y le explico que será mejor no acercársele mucho por unos días; es imposible saber qué le pasa y conviene ser cuidadosos…

»Unos minutos más tarde se aleja, para regresar al poco tiempo con un tazón lleno de comida. Lo coloca en el suelo cerca del perro y yo lo empujo a su alcance con una rama cortada de un arbusto cercano. Sin embargo, a pesar que la comida parece ser tentadora, no le hace caso y se retira a su caseta. En su bebedero todavía hay agua, así que después de charlar un rato, volvemos a la casa. Puedo ver que mi hermana está muy intrigada con lo que le pasa al perro; pero considero una locura insinuarle la verdad.

»El día se desliza sin novedades; y caen las sombras. He resuelto repetir el experimento de anoche. No puedo decir que esta decisión sea prudente, pero ya la he tomado y no pienso volverme atrás. Sin embargo, he tomado mis precauciones; pues he puesto unos fuertes clavos en cada uno de los cerrojos que aseguran la puerta que conduce del estudio a los jardines. Al menos impedirán que se repita el peligro que corrí anoche.

»Vigilo desde las diez de la noche hasta aproximadamente las dos y media; pero nada ocurre; y finalmente me dirijo tambaleante a la cama y pronto estoy profundamente dormido.

# La partícula luminosa

## XXVI

»Despierto súbitamente. Todavía está oscuro. Me doy la vuelta en la cama una o dos veces, tratando de conciliar de nuevo el sueño; pero no puedo hacerlo. Tengo un ligero dolor de cabeza y por momentos siento alternadamente calor y frío. Abandono el intento después de un tiempo y extiendo la mano para coger unas cerillas y encender la lámpara para leer un rato; tal vez luego pueda dormir. Busco a tientas por un rato y mi mano se posa en la caja. Pero cuando la abro noto con sobresalto una partícula fosforescente que brilla en medio de las tinieblas. Estiro la mano y la toco. Está sobre mi muñeca. Con una vaga sensación de alarma, enciendo una cerilla y miro asustado; pero no puedo ver nada, salvo un diminuto raspón.

»—Debe ser mi imaginación —me digo con un suspiro de alivio.

»Entonces la cerilla me quema y la suelto con rapidez. Mientras busco otra en la oscuridad, veo de nuevo el resplandor. Ahora me doy cuenta de que no es mi imaginación. Esta vez enciendo la vela y examino el lugar más detenidamente. Alrededor de la raspadura hay una ligera decoloración verdosa. Me siento perplejo y preocupado. Entonces tengo una idea. Recuerdo la mañana en que apareció la Criatura. Recuerdo que el perro me lamió la mano. Fue en ésta, la del raspón; hasta ahora no había reparado en ella. Un horrible miedo se apodera de mí; la herida del perro brilla en la noche. Siento una especie de mareo y trato de pensar, pero no puedo hacerlo. Mi cerebro parece paralizado a causa del horror que me provoca este nuevo conocimiento

»El tiempo pasa sin que lo note. Me incorporo y trato de pensar, de convencerme que estoy equivocado; pero es inútil. Ya no existen dudas en mi corazón.

»Hora tras hora permanezco sentado en la oscuridad y el silencio; y empiezo a tiritar, impotente...

»El día ha llegado y se ha ido; ya es de noche otra vez.

»Esta mañana, muy temprano, he matado al perro y lo he enterrado entre los arbustos. Mi hermana está sobresaltada y asustada; pero yo estoy desesperado. Es mejor que sea así. La inmunda excrecencia casi había ocultado su flanco izquierdo. Y a mí... a mí también: la mancha en la muñeca se ha ampliado visiblemente. Varias veces me he encontrado murmurando plegarias, rezos aprendidos cuando era niño. ¡Dios, Dios Todopoderoso, ayúdame por favor! Me estoy volviendo loco.

»Han pasado seis días y no he probado bocado. Es de noche. Estoy sentado en mi silla. ¡Oh, Dios! ¿Habrá sentido otra persona alguna vez el horror que he llegado a padecer? Estoy inundado de terror. Constantemente siento el ardor de este espantoso mal. Me ha cubierto todo el brazo derecho y el costado, y ha comenzado a trepar por el cuello hacia mi cara. Mañana me devorará el rostro y me convertiré en una terrible masa de putrefacción viviente. No hay escape. Sin embargo, un pensamiento nacido de la contemplación de la hilera de armas al otro lado de la habitación se ha apoderado de mi mente. Las he vuelto a mirar con ambiguos sentimientos. La idea se está apoderando de mí. Dios, Tú sabes, Tú debes saber que la muerte es mejor, sí, mil veces mejor que *Esto*. ¡Esto! ¡Perdóname, Dios mío, pero no puedo seguir viviendo, no puedo, no puedo! ¡No me atrevo! Estoy más allá de toda ayuda, ya no me queda nada por hacer. Por lo menos me evitará sufrir el horror final...

»Creo que debo haberme quedado dormido. Estoy muy débil, y, ¡oh!, tan miserable, tan miserable y cansado... cansado. El crujido del papel cansa mi mente. Mis oídos parecen haberse hecho sobrenaturalmente agudos. Me siento aquí un rato y pienso.

»¡Shhh! Oigo algo allá abajo, abajo en los sótanos. Es un sonido crujiente. Dios mío, es la trampa de roble abriéndose. ¿Quién puede haber hecho eso? El rasgueo de la pluma me ensordece... debo escuchar... Se oyen pasos en las escaleras, pesados y extraños pasos que ascienden, acercándose... Dios mío, ten misericordia de mí, soy un pobre viejo. Algo o alguien está tanteando el pestillo de la puerta. ¡Oh, Dios, ayúdame ahora! Dios mío... La puerta se está abriendo... lentamente. Alg... »[23]

ESO ES TODO.

---

[23] A continuación de la palabra inconclusa, es posible determinar una débil línea de tinta que sugiere que la pluma se desvió sobre el papel; posiblemente a causa del miedo y la debilidad. [Ed.]

# Conclusión

## XXVII

Deposité el Manuscrito sobre la mesa y miré a Tonnison: estaba sentado con la vista fija en la oscuridad. Esperé un instante; luego le hablé.

—¿Y bien? —dije.

Se volvió lentamente y me miró. Parecía estar perdido en sus pensamientos. A gran distancia de mí.

—¿Estaba loco? —pregunté, señalando el Manuscrito con la cabeza.

Tonnison me miró sin verme por un instante; luego volvió a la realidad y súbitamente comprendió mi pregunta.

—¡No! —dijo enfáticamente.

Abrí los labios para exponer una opinión contraria, pues mi sentido de la cordura no me permitía aceptar el relato al pie de la letra. Pero los cerré sin decir palabra alguna. De un modo u otro, la certeza que trasuntaba la voz de Tonnison perturbaba mis dudas. De inmediato sentí que tenía menos seguridad, pero no estaba de ningún modo convencido.

Después de unos minutos de silencio, Tonnison se puso de pie algo entumecido y comenzó a desvestirse para ir a dormir. No parecía deseoso de hablar; así que nada dije y seguí su ejemplo. Estaba muy fatigado y me sentía impresionado por el relato que acababa de leer.

Por alguna razón, mientras enrollaba las mantas, volvió a mi mente el recuerdo de los antiguos jardines, tal como los habíamos visto. Recordé el raro miedo que el lugar había despertado en nuestros corazones; y el convencimiento de que Tonnison tenía razón se fue fortaleciendo en mí.

Nos levantamos muy tarde… casi al mediodía; pues habíamos dedicado la mayor parte de la noche a leer el Manuscrito.

Tonnison estaba malhumorado y yo me sentía indispuesto. Era un día particularmente sombrío y había un toque de frialdad en el aire. Ninguno de los dos hizo mención de ir a pescar. Almorzamos y después nos sentamos a fumar en silencio.

Luego Tonnison me pidió el Manuscrito; se lo entregué, y pasó la mayor parte de la tarde releyéndolo del principio al fin.

Fue entonces que una idea me vino a la mente:

—¿Qué te parece si le echamos una mirada a...? —dije, haciendo un gesto con la cabeza río abajo.

Tonnison levantó la cabeza.

—¡Nada de eso! —dijo con brusquedad; y de algún modo me sentí más aliviado que molesto por su respuesta.

Después lo dejé solo.

Antes de la hora de la merienda levantó su vista de la lectura y me miró curiosamente.

—Lo siento, viejo, pero estuve un tanto rudo hace un momento —(Maldito sea hace un momento: hacía tres horas que no me dirigía la palabra)—. No quiero ir allá de nuevo —hizo una indicación con la cabeza— ni por todo el oro que puedas darme —y diciendo eso, guardó aquella historia de un hombre sumido en el terror y la desesperación.

A la mañana siguiente, nos levantamos temprano y fuimos a darnos nuestro acostumbrado baño en el río; nos habíamos librado parcialmente de la depresión del día anterior; así que tomamos nuestras cañas de pescar tan pronto desayunamos y pasamos el resto del día practicando nuestro deporte favorito.

Después de aquel día, gozamos de nuestras vacaciones al máximo, pero esperando con ansiedad el momento en que volviera nuestro cochero, pues estábamos sumamente interesados en preguntarle, y por su intermediación con la gente de la pequeña aldea, si alguno de ellos podía darnos información sobre ese extraño jardín, alejado y oculto en el corazón de una región casi desconocida del país.

Por fin llegó el día en el que nuestro cochero debía volver a buscarnos. Llegó temprano, cuando aún estábamos en la cama; y lo primero que supimos era que estaba en la entrada de la tienda, preguntándonos si nos habíamos divertido mucho. Contestamos afirmativamente; y casi con el mismo aliento, formulamos la pregunta que estaba en la punta de nuestras lenguas: ¿Sabía él algo sobre un antiguo jardín y un gran Foso y un lago situados a unas millas de distancia río abajo; y también si había oído hablar de una gran mansión en los alrededores?

No, no sabía nada; pero, sin embargo, había oído rumores sobre un antiguo caserón que se elevaba en la soledad del páramo. Se decía que era un lugar habitado por duendes o algo así; de cualquier forma estaba seguro que algo «raro» había en esa casa; por otra parte, hacía mucho tiempo que no oía hablar del lugar. Sus últimos recuerdos databan de cuando era niño. No, no recordaba nada en particular; en realidad no sabía que recordaba algo hasta que se lo preguntamos.

—Escuche —dijo Tonnison, viendo que eso era todo lo que el hombre podía decirnos—, ¿por qué no da un paseo por la aldea mientras nos vestimos y averigua todo lo que sea posible?

Con un saludo un tanto indescriptible, el hombre partió a realizar el encargo; nosotros nos vestimos a prisa y comenzamos a preparar el desayuno.

Regresó cuando nos disponíamos a sentarnos para comer.

—Todos esos vagos del demonio deben estar durmiendo todavía, seguro —dijo repitiendo el saludo, y lanzando una apreciativa mirada a la comida desplegada sobre el baúl de provisiones que usábamos como mesa.

—Oh, bien, siéntese y coma algo con nosotros —replicó mi amigo.

Lo cual hizo el hombre sin demora alguna.

Después del desayuno, Tonnison lo volvió a enviar con el mismo recado, mientras nosotros nos sentábamos a fumar. Estuvo ausente unos tres cuartos de hora y cuando retornó era evidente que había encontrado algo. Parece que había hablado con un viejo de la aldea, quien aparentemente sabía más —aunque poco— sobre la extraña casa que cualquier otra persona viviente.

Lo esencial de su conocimiento era que en «la juventud del viejo» —y solo los dioses saben cuánto tiempo atrás fue eso— había existido un caserón en el centro de los jardines, donde hoy solo quedan ruinas fragmentarias. La casa había estado deshabitada mucho tiempo; muchos años antes de su... del nacimiento del anciano. Era un lugar evitado por la gente del lugar, como lo había sido por sus padres antes. Se decían muchas cosas acerca de la mansión, y todas ellas eran diabólicas. Nadie se acercaba a ella nunca, ni de día ni de noche. En el pueblo era sinónimo de todo lo que es maligno e impío.

Y luego un día, un hombre, un forastero, atravesó la aldea a caballo, dirigiéndose río abajo en dirección a la Casa, como siempre la denominaban los aldeanos. Algunas horas más tarde, regresó por donde había venido, siguiendo el camino a Ardrahan. Después no se oyó hablar de él durante tres meses, más o menos. Al cabo de ese tiempo regresó; pero ahora estaba acompañado por una mujer mayor y un gran número de burros cargados de diversos artículos. Atravesaron la aldea sin detenerse y se encaminaron por la orilla del río hacia la Casa.

Desde entonces, nadie, salvo el hombre que habían contratado para que les llevara provisiones una vez al mes desde Ardrahan, los había visto; y nadie había podido inducirlo a hablar del asunto; evidentemente le pagaban muy bien por sus molestias.

Los años transcurrieron en la pequeña aldea sin acontecimientos dignos de mención; el hombre continuó haciendo sus viajes mensuales con regularidad.

Un día, apareció como de costumbre para realizar su viaje periódico. Atravesó la aldea sin intercambiar más que un hosco saludo con los habitantes, continuando su viaje hacia la Casa. Generalmente regresaba al anochecer. Sin embargo, en esta ocasión, reapareció en la aldea pocas horas más tarde en un estado de extraordinaria excitación, con la asombrosa noticia que la Casa había desaparecido totalmente y que un estupendo foso se abría ahora en el sitio donde se levantaba la misma.

Estas nuevas parecieron despertar tanto la curiosidad de los aldeanos que todos dominaron su miedo y se dirigieron en masa al sitio. Allí encontraron todo tal como lo había descrito el hombre.

Esto fue todo lo que pudimos saber. Jamás sabremos quién fue el autor del Manuscrito, ni de dónde había venido.

Su identidad está enterrada para siempre, tal como él pareció haberlo deseado.

Aquel mismo día dejamos la solitaria aldea de Kraighten. Y nunca hemos vuelto a ese lugar.

A veces, en mis sueños, veo aquel enorme foso rodeado completamente de árboles y arbustos salvajes. El ruido del agua se eleva y se mezcla —en mis sueños— con otros ruidos más profundos; mientras, sobre todo el paisaje se cierne la eterna mortaja de rocío.

# PESARES[24]

Un anhelo feroz reina en mi pecho,
    yo nunca hubiera soñado que este mundo,
        aplastado por la mano de Dios, pudiese exhalar
una esencia tan amarga de desazón.
      ¡Un dolor tal como solo el Pesar puede arrojar
        una vez rotos los sellos de su terrible corazón!

Cada sollozo es un grito total de mi ser,
    los latidos de mi corazón resuenan agónicos
      y mi mente tiene un solo pensamiento:
¡nunca más en el transcurso de mi vida
    (salvo en el dolor del recuerdo)
      volveré a rozar sus manos, ya inexistentes
        con las mías!

---

24 Estas estrofas fueron encontradas, escritas con lápiz, sobre unas cuartillas pegadas detrás
de la guarda inicial del Manuscrito. Tienen el aspecto de haber sido escritas en fecha anterior
al mismo. [Ed.]

Te busco a través del vacío de la noche,
        calladamente llorando por ti;
                pero tú no estás. ¡Y el vasto trono nocturno
se convierte en un templo estupendo
        de campanas estelares que me anuncian
                quién es el ser más solo del universo!
Anhelante me arrastro hasta la orilla,
        tal vez me espere algún consuelo
                en el eterno corazón del viejo Mar.
¡Pero, mira! ¡De las solemnes profundidades
        surgen lejanas y misteriosas voces
                que preguntan el porqué de nuestra separación!


Dondequiera que vaya estoy solo,
        yo, que gracias a ti una vez poseí el mundo.
                Mi pecho es un dolor atroz
por lo que antes era y ahora es transportado
        hacia el Vacío donde es arrojada la vida,
                ¡donde Todo es Nada, y de donde nada volverá
                jamás!

# Índice